Sandra Andrés

Unausgeschrieben

Bibliografische Information der Deutschen Nationalbibliothek: Die Deutsche Nationalbibliothek verzeichnet diese Publikation in der Deutschen Nationalbibliografie; detaillierte bibliografische Daten sind im Internet über http://dnb.dnb.de abrufbar.

E-Mail: schreibmir@sandraandres.com
Instagram: @sandra_andres_autorin
Website: www.sandraandres.com
1. Auflage auf Deutsch, Januar 2022
Kurzgeschichtensammlung, erschienen im Selfpublishing durch:
Sandra Andrés
Wartberg 32
74906 Bad Rappenau

Lektorat: Dr. Alexandra Sept
Covergestaltung: Coverdesign und Umschlaggestaltung: Florin Sayer-Gabor - www.100covers4you.com
Cover-Elemente und Kapiteltrenner: Pixabay
Korrektorat und Satz: Autorenträume
Herstellung und Verlag: BoD – Books on Demand, Norderstedt
ISBN 9783754374443

SANDRA ANDRÉS

Unausgeschrieben

KURZGESCHICH ...

Inhaltsverzeichnis

Für meine Schwester Denise

Freundin und Vertraute
Wunderbare Mama
Mutige Alltagsheldin

Du bist ganz wundervoll, so, wie Du bist,
und ich hab Dich sehr lieb!

AD-sorbiert

Das Internet schien genauso müde zu sein wie er selbst, brauchte eine gefühlte Ewigkeit, bis es die Seite lud. Peter trank lustlos an seiner Limo, während er sich endlich durch die neuesten Nachrichten scrollte. Seine tägliche Feierabendbeschäftigung, während er auf das Abendessen wartete.

Jetzt ploppten auch noch sinnlose Werbeanzeigen zu Schuhen und Accessoires auf und überdeckten seinen Bericht über den Marsrover. Offenbar hatte seine Frau wieder eifrig auf dem gemeinsamen Tablet nach Schnäppchen gestöbert.

Er blies die Luft aus der Nase. Typisch. Während er sich täglich zehn Stunden abrackerte, die Stimmungsschwankungen seines Chefs ertrug und dann noch versuchte, mit halbwegs guter Laune durch die Tür zu treten, weil ihre Ehe ohnehin gerade nicht den besten Moment durchlief, machte sie es sich anscheinend auf der Couch gemütlich und kaufte die Sommerkollektion ein. Von seinem mühsam verdienten Geld. Wo es ihm viel mehr zustand, sich endlich mal wieder ein neues Mobiltelefon zu leisten, nach all seinen Überstunden und der hart erkämpften Beförderung.

Wut stieg in ihm auf. Er erhob sich und ging Richtung Küche, wo Helene Zwiebeln schnitt.

»Was war bei dir heute so los?«, erkundigte er sich.

Sie zuckte mit den Schultern. »Nichts Besonderes. Wäsche waschen, Hausaufgaben mit Anna ... du weißt schon«, antwortete sie mit einem sanften Lächeln.

»Hm«, kommentierte er. »Wolltest du nicht ein paar Stellenangebote durchgehen?«

Ihre Tochter war nun seit einem halben Jahr in der Schule, er sah keinen Grund, warum Helene nicht zu ihrer Arbeit – oder irgendeiner Arbeit – zurückkehren sollte. Das Geld konnten sie durchaus brauchen. Vielleicht endlich mal wieder einen ordentlichen Urlaub in einem Spa-Hotel genießen, ein Wochenende nach Paris. Das dämliche alte Blümchen-Geschirr austauschen, auf dem Helene gerade das Abendessen anrichtete, und das ihm schon längst auf die Nerven ging.

»Ja, nichts Interessantes dabei gewesen«, fertigte sie ihn ab.

Er verstand, dass sie nicht weiter darauf eingehen wollte. Seit Monaten war dies ein Streitthema zwischen ihnen. Meistens versuchte er, es nicht anzusprechen, ihr Zeit zu geben, das Richtige zu finden, sich wieder in einen anderen Alltag einzufinden als den, den sie in den letzten Jahren als Mutter und Hausfrau gehabt hatte. Doch heute schaffte er das nicht.

»Aber Schuhe hast du schon interessante gefunden?«, kam es also vorwurfsvoll aus ihm heraus, was er zugleich bereute, weil er wusste, dass der Abend nun gelaufen war.

»Schuhe?« Sie sah von ihren Zwiebeln auf, schien nicht gleich zu verstehen. »Kontrollierst du etwa meinen Verlauf?«, fragte sie nun verstört.

»Nein, natürlich nicht.« Mit einer Handbewegung tat er die Aussage als lächerlich ab. »Aber wenn ich um halb acht Uhr abends heimkomme, meine Füße schmerzen, mein Kopf brummt und ich dann Schuhwerbung über meine Artikel gespielt bekomme, muss ich mich schon fragen, was du hier überhaupt beiträgst.«

»Was ich beitrage?« Ihre Stimme schwoll an, sie legte das Messer geräuschvoll auf der Arbeitsfläche ab. »Du fragst ernsthaft, was ich beitrage?«

Ja, das tat er. Insgeheim fragte er sich das jeden Tag.

»Was glaubst du denn, warum es bei Anna in der Schule so gut läuft? Wer sie jeden Tag vom Ballett abholt? Minki rauslässt und füttert? Deine Hemden bügelt? Dafür sorgt, dass der Kühlschrank voll ist? Denkst du, das macht sich alles von alleine, oder wir haben eine Zauberfee?« Ihre Augen funkelten gefährlich.

»Ehrlich gesagt, wäre es mir lieber, wir hätten eine Zauberfee. Oder Putzhilfe. Oder wie man das heute korrekterweise nennt«, überlegte er, nicht weniger aufgebracht. »Ich brauche nämlich keine Putzhilfe zur Frau. Ich brauche eine ebenbürtige Partnerin, der ich abends erzählen kann, warum mein Kunde das Angebot abgelehnt hat, oder mit der ich darüber lachen kann, dass meine Kollegin Hilfe brauchte, weil sie wieder nicht wusste, wie sie ihre Powerpoint-Präsentation zum Laufen bekommt. Die versteht, was ich sage und mir ihre kompetente Meinung dazu gibt. Ich möchte endlich wieder mal ein Tischgespräch, das nicht

Kinderzank oder Schreibübungen oder ein Rezept für Kürbis-
auflauf beinhaltet – oder Schuhe!«, schrie er. »Ich will nicht dein
Chef sein und auch nicht dein Vater. Ich will dein Ehemann sein.«

»Ach, mein Ehemann?«, gab sie mit Tränen in den Augen zurück,
und er fragte sich einen Moment lang, ob es die Zwiebeln waren.

»Meinem Ehemann ist es ganz ehrlich gesagt völlig zu Kopf
gestiegen, dass er befördert wurde. Plötzlich ist nichts mehr gut
genug. Nicht unsere Familie, nicht unsere Wohnung, nicht
unsere Gespräche.« Sie baute sich vor ihm auf, ihre Tränen
flossen, viel zu viel für eine Zwiebel. »Und natürlich auch nicht
ich. Geld muss her, ein zweites Auto, ein Swimmingpool, eine
größere Wohnung, ein Strandurlaub – Hauptsache wir können
mit den ganzen anderen Idioten aus deiner Firma mithalten.«

Und, was war so schlimm daran, einen gewissen Anspruch zu
haben, wenn man sich täglich abrackerte, wollte er sagen, doch
sie war noch nicht fertig.

»Dass ich mich dabei fast umbringen muss, um mitzuhalten,
alles unter einen Hut zu kriegen, ist dir egal. Was ich eigentlich
will vom Leben, wen interessiert das schon? Du willst eine
erfolgreiche, ebenbürtige Frau und basta.« Dem letzten Wort
verlieh sie Nachdruck, indem sie das Messer erneut auf die Theke
knallen ließ. »Weißt du was ...« Jetzt nahm sie die Küchenschürze
ab, knüllte sie zusammen und warf sie in die Ecke. Dann wischte
sie sich mit den Ärmeln über die Augen, drängte sich an ihm
vorbei und ließ ihn alleine zurück.

Am nächsten Abend schienen die Wogen etwas geglättet. Sie hatten nicht mehr darüber gesprochen, nicht, als sie zu Bett gegangen waren und auch nicht am nächsten Morgen. Jetzt begrüßte sie ihn wie jeden Tag mit einem Küsschen, sobald er durch die Tür trat. Er ließ seine Tasche neben der Garderobe stehen, nahm sich ein Glas Limo und setzte sich mit dem Tablet auf die Couch. Er klickte auf die Sport-Seite, als wieder eine Anzeige aufploppte. Nein, nicht schon wieder Schuhe, dachte er. Er war nicht bereit für eine zweite Runde.

Dann setzte sein Herz aus, und das Tablet fiel ihm aus der Hand, als die Worte vor seinen Augen verschwammen:

Elsbach Florian
Fachanwalt für Familienrecht - Scheidungsanwalt

Mein Herrchen und ich

Ich werde wach, als sich rechts und links von mir etwas bewegt. Erst ignoriere ich es, vielleicht ist es nur ein Traum. Nein, jetzt ruckelt es auch über mir. Oje. Das bedeutet Aufstehzeit. Ich bin noch gar nicht so weit. Gerade habe ich noch von Hasen und Fangenspielen im Feld geträumt. Überhaupt ist es so kuschelig hier, eingemummt in meine Decke, zwischen Herrchens Beinen.

Aber da ist er auch schon auf, streckt sich, macht das Licht an.

Ich drehe mich auf den Rücken. Morgendliche Bauchi-Bauchi-Runde. Jaaaaaaaa. So mag ich das. Schön kraulen, ganz toll. Nein, nicht aufhören, wo gehst du hin?

Herrchen stakst davon in die Küche, das summende Geräusch der Kaffeemaschine ertönt. Ich mache zwei Schritte über das Bett, lege mich quer auf Herrchens Kopfkissen. Der beste Platz im Haus, kein Wunder, dass er ihn täglich vereinnahmt. Aber jetzt bin ich dran. Ein bisschen deformiert das Ganze, zugegeben. Da muss ich noch etwas nachhelfen. Ich gebe Vollgas, grabe eifrig in das widerspenstige Kissen hinein, bis es doch ein wenig nachgibt und zumindest eine kleine Grube entsteht. Mit einem glücklichen Seufzer lasse ich mich hineinfallen, lege den Kopf auf meine Pfoten und falle wieder in süße Träume.

Als Herrchen zurückkommt, hat er es eilig. Bereits mein Geschirr in der Hand, klatscht er in die Hände, mein Zeichen, aus dem Bett zu kommen. Ich starte einen letzten Versuch, zeige mein bestes Yoga. Vielleicht lässt er mich ja doch hier. Draußen ist es grau, und diese komischen weißen Dinger kommen vom Himmel, die ich überhaupt nicht leiden kann. Sie machen mein Fell kalt und nass. Oh nein, ich habe es schon geahnt, jetzt kommt er auch noch mit dieser wuscheligen Zwangsjacke, die er mir überzieht, jedes Mal, wenn das nasse Weiß vor der Tür ist. Ich seufze, setze mich, lasse es über mich ergehen. Immerhin gibt es danach Frühstück.

Ein Schritt vor die Tür sagt mir, dass ich wirklich, wirklich nicht weitergehen will. Meine Zehen treffen auf eisigen Boden, der Wind weht mir die ungemütlichen weißen Flocken ins Gesicht. Ruckartig bleibe ich stehen. Muss ich mir das wirklich mitmachen? Ich sehe Herrchen möglichst erbärmlich an, ziehe an der Leine, zurück in den warmen Vorraum.

»Komm, Bukowski«, höre ich ihn hartnäckig. »Nur eine kleine Runde. Mir ist auch kalt.«

Ich bibbere am ganzen Körper, trotz der Flauschzwangsjacke, aber mir bleibt nichts anderes übrig. Zögerlich setze ich ein Bein vor das andere. Wie ungemütlich, dabei hatte ich es gerade noch so schön in meinem Bett.

Doch nach wenigen Metern steigt mir ein vertrauter Geruch in die Nase, ein Hoffnungsschimmer. Das ist ganz klar meine Freundin

Shakira. Aufgeregt wedle ich mit dem Schwanz, lege einen Zahn zu. Vergessen die Kälte, der Wind, nein, nicht das weiße Zeugs, das schüttle ich zur Sicherheit noch ab, muss ja schick sein für Shakira. Ein Küsschen zur Begrüßung, noch eines. Ich schnuppere an ihrem Hinterteil. Oh, sie bekam offenbar ein Würstchen zum Abendessen, wie schön für sie. Mit Würstchen ist mein Herrchen immer sparsam, die isst er lieber selbst. Shakiras Papi ist ein alter Herr, deshalb spazieren sie sehr langsam. Aber er beugt sich stets zu mir herunter, streichelt mich und lacht. Shakira selbst ist auch nicht mehr die Jüngste, aber immer noch ein heißer Feger. Heute trägt sie einen pinken Pulli und eine Masche hinter dem Ohr. Ich stupste sie an, zeige ihr, dass mir ihr Outfit wirklich gefällt.

Wir bleiben nicht lange stehen, leider müssen wir weiter. Bald sind wir auf halbem Weg um den Block, ich rieche schon mein Frühstück.

Zurück in der Wohnung trocknet Herrchen meine Pfoten ab, bevor ich auf die Couch springen kann und alles nass mache. Ich folge ihm in die Küche, beobachte, wie er das Essen in meinen Napf füllt. Wieder wedle ich aufgeregt mit dem Schwanz, die Zunge hängt mir bis zum Boden, ich hüpfe auf und ab. Schneller, schneller, spazieren macht so hungrig! Endlich stellt er den Napf auf meinem gewohnten Platz neben der Terrassentür ab, und ich stürze mich darauf. Wie lecker! Ich schlinge Bissen für Bissen hinunter und sehe auch viel zu bald schon wieder den Boden des Napfs. Erwartungsvoll blicke ich mich um. Kommt Herrchen mit Nachschub? Sieht nicht so aus. Er hat es sich auf dem Sofa gemütlich gemacht. Vielleicht will er spielen? Ich laufe zu ihm hinüber, mache wieder vorbildlichstes Yoga. Doch er sieht mich gar nicht, greift stattdessen zu dem viereckigen, glänzenden Ding, mit dem er oft Stunden verbringen kann. Manchmal redet er auch hinein, ich verstehe nicht wirklich, worum es geht. Nein, nein, nimm nicht dieses Teufelsding, schau zu mir! Ich wedle, was das Zeug hält, gebe einen klagenden Laut von mir, gehe entrüstet einen Schritt zurück. Herrchen tippt eifrig auf das Ding ein. Ich springe zu ihm auf die Couch, stupse ihn mit der Nase an.

»Nicht jetzt, Bukowski. Das ist wichtig.«

Spielen ist auch wichtig. Ich mache kehrt, suche meinen Ball. Ach ja, hier, unter dem Stuhl. Mit einer Pfote greife ich darunter, rolle ihn weg, nehme ihn in den Mund und starte einen weiteren Versuch. Wieder setze ich mich direkt vor ihn, Ball zwischen den Zähnen, wedelnd, grummelnd.

»Später, Bukowski.« Er tippt immer noch.

Missmutig lasse ich den Ball fallen. Dann muss ich wohl noch ein Schläfchen einlegen. Diesmal träume ich von Shakira und ihrer rosa Masche, als ich von dem penetranten Ton der Türglocke geweckt werde. Ich schrecke auf, springe aus meinem Bettchen und laufe zur Haustür. Herrchen ist natürlich langsamer. Ich hüpfe schon aufgeregt hin und her, laufe vor und zurück, als er endlich angekommen ist und die Klinke nach unten drückt.

Wer ist es? Wer ist es?

Ich schiebe meinen Kopf unter Herrchens Beinen hindurch. Zuerst nehme ich den blumigen Duft wahr, dann sehe ich auch schon die große Frau mit den langen dunklen Haaren.

Oh schön, die mag ich, sie wirft gern meinen Ball, und wenn sie da ist, ist Herrchen immer besonders glücklich. Gerade umarmt sie ihn. Ich will auch! Ich hechle, springe, stupse ihr Knie mit meiner Pfote an. Schließlich beugt sie sich zu mir herunter, krault mich ausgiebig hinter den Ohren. Wie ich das liebe. Warum kann sie nicht immer da sein? Okay, Herrchen ist auch wirklich toll im Kraulen, das muss mal gesagt sein.

Sie setzt sich aufs Sofa, ich springe zu ihr hinauf, lasse mich auf ihrem Schoß nieder. Sie ist so schön weich, und jetzt streichelt sie mich auch schon wieder. Himmlisch. Ich schmiege meinen Kopf an ihren Arm, verteile Küsschen auf ihren Händen. Sie kichert. Wir verstehen uns so gut. Sie ist meine allerliebste menschliche Freundin. Jetzt macht Herrchen mir den Platz streitig, setzt sich neben sie, legt einen Arm um ihre Schultern. Sie küssen sich, und Herrchens Küsschen scheinen ihr auch viel besser zu gefallen. Sie bewegt sich viel, es wird unruhig und eng auf ihrem Schoß, ich bin hier raus.

Nach einem weiteren Schläfchen gehen wir alle gemeinsam spazieren. Draußen scheint jetzt die Sonne, oh Freude!

Flauschzwangsjacke hat ausgedient, vor der Tür ist es auch nicht mehr kalt und nass, der ungemütliche weiße Teppich ist weg. Stattdessen gibt es nun ganz viel braunen Matsch. Au ja, das ist mir am liebsten! Fröhlich springe ich von Pfütze zu Pfütze, durch die schlammige braune Masse, ins Feld.

»Bukowski!«, ruft Herrchen, der das eher nicht so mag, aber ich bin schon mittendrin im Spaß. Löcher in der Erde versprechen eine leckere Zwischenmahlzeit, ich grabe wieder mit vollem Eifer. Erde landet auf meinen Hinterbeinen, auf meinem Bauch, auf Herrchen, der versucht, mir die Leine anzulegen. Doch so leicht lasse ich mir den Spaß nicht nehmen. Erst noch eine Runde übers Feld. Oooooh, da ist auch ein richtig toller Haufen Kuhkacke! Mit voller Wucht schmeiße ich mich darauf, wälze mich enthusiastisch, bis mich der Geruch von oben bis unten umgibt. Perfekt, jetzt bin ich auf alles vorbereitet, niemand kann mir mehr was anha ...

Oh oh. Herrchen hat mich erwischt.

»Bukowski! Was machst du denn?«

»Das ist doch offensichtlich, hast du nicht gesehen, was für ein unwiderstehlicher Haufen Kacke hier rumliegt?«, belle ich, aber er versteht mich nicht.

»Jetzt müssen wir nach Hause, dich duschen.«

Duschen? Nein, nicht duschen! Dann war doch die ganze Arbeit umsonst!

Die Frau lacht. Sie versteht mich offenbar. Ich springe auf sie zu, an ihr hoch, dann lacht sie nicht mehr, sondern macht einen großen Schritt zurück. Unverständlich, was diese Menschen für seltsame Geschmäcker haben, wenn es um Düfte geht. Mein Herrchen sprüht sich jeden Tag mit stinkigem Zeug ein, und zwar wenn er aus der Dusche kommt, nicht davor.

Mir bleibt die Dusche trotzdem nicht erspart. Nicht einmal der treuherzigste Blick mit seitlich geneigtem Kopf oder ein herzzerreißendes Jaulen können mich retten. Kaum durch die Tür, sitze ich schon in der Wanne und werde eingeseift. Immerhin von beiden, eine vierhändige Massage sozusagen. Ist ja auch nicht schlecht.

Raus aus der Wanne, spritze ich erst mal ordentlich um mich. Das Wasser muss weg! Meine Lieblingsfreundin lacht herzlich, auch Herrchen grinst, bevor er mir ein Handtuch überwirft und mich noch mal abrubbelt. Das kitzelt, und ich möchte auch lachen, aber bei mir klappt das nicht. Nur ein seltsames Grummeln kommt hervor.

Als ich trocken bin, laufe ich schnellstens ins Wohnzimmer. Nicht, dass sie noch auf die Idee kommen, mich ein weiteres Mal nass zu machen.

Aber nein, ich habe Glück. Sogar richtig Glück, denn Herrchen will spielen. Er wirft den Ball, ich starte los. Oh nein, wo ist der Ball hin? Ich sehe mich um, gerade war er doch noch da! Ah, die Frau hat ihn! Juhu, sie spielt auch mit! Freudig hechelnd springe ich auf und ab. Wirf ihn, wirf ihn! Ich fange ihn!

Schon fliegt er durch die Luft, und diesmal bin ich schnell genug, erwische ihn sogar im Sprung und bringe ihn zurück zu Herrchen. Er tauscht ihn gegen eine Leckerei und wirft ihn gleich noch eine Runde. Und noch eine Runde. Und noch eine Runde.

Schließlich sitzen wir alle auf dem Boden. Herrchen küsst wieder die hübsche Frau, ich mache es mir auf der Decke im Körbchen bequem. Dazu muss ich sie natürlich erst bequem machen. Herrchen legt sie jeden Tag aufs Neue ganz langweilig obenauf, dabei macht eine Decke doch nur wirklich Spaß, wenn sie richtig zerwühlt ist, sie als Kissen und Höhle zugleich dient. Also grabe ich wieder fleißig drauflos, krieche darunter, schubse sie mit der Nase an.

Moment. Plötzlich ist alles dunkel. Wo geht es jetzt hier raus? Oh nein, ich habe mich in der Decke verirrt. Panisch schlage ich aus, stoße sie weg, schüttle mich, bis ich wieder Licht sehe. Endlich lasse ich mich mit einem erleichterten Seufzer darauf nieder, und während ich zusehe, wie die hübsche Frau Herrchen so brav hinter den Ohren krault wie sonst mich, schlafe ich wieder ein.

Das Geräusch der klirrenden Leine weckt mich auf. Noch eine Gassirunde, dann gibt es endlich Abendessen. Mein Magen hat schon im Traum geknurrt, vor allem, als die ganzen Kaninchen vorbeiliefen. Diesmal geht es nur eine Runde um den Block. Draußen wird es schon dunkel, und es ist ziemlich windig. Mein Fell wird ordentlich durchgeblasen, ein paar Windstöße nehmen mich fast mit. Herrchen zerzaust es die Frisur in alle Richtungen. Das gefällt ihm gar nicht, und bevor wir zurück ins Haus gehen, fährt er sich mehrmals durch die Haare. Ich glaube, er möchte genauso hübsch sein wie die Frau.

Zum Abendessen gibt es Truthahnmenü mit Kürbis, aber ich kann nicht vermeiden, immer wieder zum Tisch zu laufen, wo die beiden etwas viel Leckereres verzehren: Schinken und Käsewürfel. Ich beobachte sie ein Weilchen, lege meinen Kopf auf Herrchens Bein, dann reize ich meine Limits aus und hebe die Schnauze auf den Tisch. Herrchen schnipst mit den Fingern, und ich weiß, gleich gibt's Ärger, wenn ich mich nicht zurückziehen. Kein Problem. Auch unter dem Tisch werde ich manchmal fündig, vielleicht verlieren sie ja einen Käsewürfel.

Heute habe ich jedoch kein Glück. Schließlich trotte ich wieder zu meinem Truthahnmenü, so schlecht ist es ja wirklich nicht. Eigentlich ganz lecker. Vor allem, wenn ich mir vorstelle, der Kürbis wäre Schinken.

Draußen wird der Wind immer stärker, die Jalousien schlagen gegen das Fenster, eine Gießkanne macht sich im Garten selbstständig.

»Du solltest heute nicht mehr nach Hause fahren«, höre ich Herrchen zu der hübschen Frau sagen, und sie stimmt ihm lächelnd zu.

Wir kuscheln uns alle auf der Couch zusammen, Herrchen hat einen Arm um sie gelegt, mit dem anderen verwöhnt er mich mit großzügigen Bauchi-Bauchi-Kraulern. Ich strecke alle Viere von mir, schließe die Augen und genieße.

Irgendwann wandern wir alle ins Schlafzimmer. Mit einem langen Satz springe ich aufs Bett, richte die viel zu ordentliche Decke zurecht und mache es mir zwischen den beiden gemütlich. Mein Kopf auf Herrchens Beinen, von der Frau hinter den Ohren gekrault, schlafe ich sofort ein und träume von wilden Abenteuern mit Shakira und von einem Haufen Kuhkacke – fast so groß wie ich.

Ach, das Leben ist so schön.

Irgendwann

Irgendwann mal waren wir unbesiegbar.

Irgendwann mal waren wir etwas Besonderes.

Irgendwann mal glaubten wir, es würde ewig so sein.

Jetzt stehe ich zitternd am Parkplatz vor dem großen Wald und rauche eine Zigarette. Eine dicke Träne rinnt über meine Wange. Ich streiche sie verärgert weg, nehme einen langen Zug. Ich blicke starr in das Dickicht vor mir, drehe mich nicht um. Vielleicht wirft sie noch einen Blick zurück, vielleicht fährt sie eilig davon. Ich will es nicht wissen, würde es nicht ertragen. Ich kann nicht glauben, dass das alles war, dass unsere Ewigkeit vorbei ist.

Noch eine Träne. Diesmal lasse ich sie ihren Weg gehen, trete meine Zigarette aus und gehe langsam, wie in Trance, in den Wald.

Wir kennen uns seit der Schulzeit, Erin und ich. Anfangs konnten wir uns gar nicht leiden. In der Grundschule fand ich sie besserwisserisch und eingebildet, wollte nichts mit ihr zu tun haben. Im Gymnasium kamen wir in getrennte Klassen, verloren uns völlig aus den Augen. In der Oberstufe wurde unser Jahrgang schließlich zusammengelegt. Sie erschien mir immer noch eingebildet, mit ihren stets schicken Klamotten, passendem Schmuck dazu und aufwändigem Make-Up. Aber ich merkte auch schnell, dass sie einen Sinn für Humor hatte, den ich sehr schätzte. Dass sie zu ihrem eigenwilligen Stil stand und ihr egal war, was andere über sie dachten. Und dass sie die einzige Person war, die mitten im Klassenzimmer frei über Sex redete, gerade so, als würde sie von ihren Frühstücksflocken sprechen. Das imponierte mir, ihr Selbstvertrauen, ihre Natürlichkeit, ihre Offenheit. Sie lud mich zu sich nach Hause ein, an einem schönen Frühsommertag, an dem alles nach frischem Gras und Moos roch. Ganz ähnlich wie heute.

Wir tranken heimlich Gin aus Plastikbechern, erzählten uns, für wen wir schwärmten, stellten fest, dass wir einen völlig unterschiedlichen Geschmack bei Jungs hatten, dafür einen recht ähnlichen bei Musik und Filmen. Die perfekten Voraussetzungen für eine ewige Freundschaft, wenn man 16 ist.

Blätter und Äste knirschen leise unter meinen vorsichtigen Schritten. Ich schaue zu den Baumwipfeln hinauf, hoch und dunkel kreisen sie mich ein. Ein Holzspecht hämmert in einen Stamm. Eine Weile bleibe ich stehen, höre ihm zu. Es beruhigt mich.

Klock. Klock. Klock.

Ich versuche, ihn auszumachen unter den vielen Tausenden Zweigen.

Klock. Klock. Klock.

Wie lange mag er wohl an einem Loch arbeiten? Einen Tag? Eine Woche?

Klock. Klock. Klock.

So viel Mühe. Und wozu das alles? Irgendwann hat doch ein anderer Specht eine schönere Unterkunft gebaut, mehr Futter gefunden oder einfach schönere Federn, und man hat sich hier halb zu Tode gekloppt.

Ich gehe weiter, der Untergrund wird weicher. Ein Bach gesellt sich aus dem Nichts zu mir, plätschert fröhlich vor sich hin, als wäre nie etwas gewesen. Ich kann es ihm nicht verübeln, er kennt es nicht anders.

Er erinnert mich an unseren ersten Roadtrip, kurz nach dem Abitur. Erin hatte sich ein Auto gekauft, eine alte Blechbüchse, deren Auspuff bedrohlich spuckte und klapperte. Trotzdem chauffierte sie uns sicher über Land- und Feldstraßen.

Die erste Nacht verbrachten wir auf dem Rücksitz, weil wir kein Geld für eine Unterkunft hatten. Die zweite Nacht campten wir in einem Zelt am Waldrand, neben einem kleinen Bach, dessen Rauschen uns in den Schlaf wog. Erin schwärmte von Toni, wie sie es die ganzen Wochen zuvor bereits getan hatte. Toni, ihre große Liebe. Ja, er war ein bisschen ein Casanova, ja, er nahm alles nicht so ernst, aber wenn sie nach einer durchzechten Nacht nicht mehr in ihren hohen Schuhen laufen konnte, trug er sie nach Hause. Und er machte ein köstliches Steak am Grill. Und seine Küsse schmeckten wie eine Liebesschnulze aus den 8oer-Jahren.

Ein Jahr später war Toni weg, und Erin saß schluchzend und in Pyjama und Pantoffeln auf der Couch, hatte gegrillte Steaks durch Wodka ersetzt und hörte »Nothing compares 2 U« in Endlosschleife. Es brach mir das Herz, diese sonst so starke Frau, meine beste Freundin, so zu sehen, aber es gab nichts, was ich tun konnte, außer die leeren Flaschen in die Küche zu tragen und alle Männer mit ihr zu verfluchen.

Immer wieder war ich an ihrer Seite gewesen, wenn ihr Herz gebrochen wurde, habe sie durch alle Verrücktheiten und amourösen Verirrungen begleitet.

Bis auf diese letzte.

Alex, ein reicher Schnösel, der vor sechs Monaten in ihr Leben geplatzt war. Dieser Möchtegern-Lebenskünstler mit seiner Ich-gegen-den-Rest-der-Welt-Einstellung, seiner Abgehobenheit, alle anderen für ihn unwürdig.

Etwas veränderte sich zwischen uns. Erin veränderte sich. Ich konnte nicht länger mitansehen, wie sie sich für ihn verbog, sich mehr und mehr von sich selbst entfernte, sich völlig in etwas verrannte. Mir, ohne mit der Wimper zu zucken, sagte, sie bräuchte keine Freunde mehr. Sie bräuchte mich nicht mehr.

Ich sehe mich um, erkenne nichts Bekanntes. Überall Bäume, schmale Wege in verschiedene Richtungen. Woher bin ich gekommen? Wo muss ich hin? Ich habe die Orientierung verloren, habe mich verloren. Die Sonne kann mir nicht helfen, Uhrzeit oder Richtung zu bestimmen, selbst sie möchte diesen vermaledeiten Tag nicht mit ihrer Anwesenheit würdigen. Nicht einmal der Bach begleitet mich mehr.

Egal. Ich biege nach rechts ab, ein enger Weg, der mitten durchs

Dickicht führt. Äste peitschen auf meine Arme, Mücken fallen in Horden über mich her. Ich spüre nichts, außer den stechenden Schmerz in meiner Brust.

»Ich hätte dir gern noch meine Wohnung gezeigt«, waren heute meine letzten Worte an sie, als wir stillschweigend auf dem Parkplatz nebeneinander hergingen, keine Worte mehr füreinander hatten. So viel blieb unausgesprochen, so vieles, das nie gesagt wurde. Das tiefe Verlangen in mir, alles auszusprechen, bevor es vorbei war. Und doch kam nichts anderes als dieser unbedeutende, banale Satz.

»Ja, vielleicht irgendwann«, war ihre Antwort gewesen, tonlos, leer, routiniert.

Mit einem Mal hatte ich keine Lust mehr, mich zu verstellen, keine Angst mehr, ihr zu zeigen, was sie mir einst bedeutete, wieviel davon immer noch in mir war, und dass sich daran wohl nie etwas ändern würde. Dass die guten Zeiten, die wir hatten, immer da sein würden, wo sie am Allerschönsten sind. Wo ich sie für immer behalten könnte.

»Ich wünsche dir von Herzen alles Gute«, brachte ich mit gebrochener Stimme hervor, drückte sie ein letztes Mal und küsste sie zum Abschied auf die Wange. Dann sah ich ihr zu, wie sie in ihr maßlos überteuertes Cabrio stieg, bevor ich weinend davonlief.

Vor mir tut sich eine Lichtung auf. Mohnblumen stechen leuchtend aus dem grünen Teppich hervor, Vögel läuten mit ihrem Zwitschern die Dämmerung ein. Ich schließe die Augen, atme tief ein und aus. Nehme den Duft von Bärlauch und Buschwindröschen wahr. Immer noch völlig unwissend, wo ich bin, setze ich mich in die Wiese, lasse mich zurückfallen und starre in den Himmel, wo die grauen Wolken sich langsam orange und violett färben.

Mach's gut, Erin.

Vielleicht bis irgendwann.

Spiegelperspektive

Philipp stand vor dem Badezimmerspiegel und versuchte vergeblich, sein Hemd zuzuknöpfen. Eigentlich war das auch schon egal. Er durchlebte gerade nicht unbedingt den besten Moment seines Lebens. Tatsächlich vielmehr seinen schlechtesten. Seine Ehe war nach sechs Jahren in die Brüche gegangen, sein Kind sah er seitdem nur noch sporadisch. Drei Tage, nachdem seine Frau und seine Tochter ausgezogen waren, hatte sein Chef Personalkürzungen angekündigt, zwei Stunden später trat er mit einem Karton und einer Topfpflanze sowie dem Foto der ehemals glücklichen Familie in der Hand auf die Straße vor seinem Bürokomplex. Als sein Vermieter bemerkte, dass er plötzlich so viel zuhause war, kündigte er ihm den Vertrag zur Wohnung. Er hatte nun drei Monate Zeit, um sein Leben wieder auf die Reihe zu bekommen, oder er würde im besten Fall auf der Couch seines Freundes schlafen, im schlimmsten Fall auf einer Parkbank.

Wozu also ein ordentlich zugeknöpftes Hemd, wenn er den Rest des Tages doch nur auf seinem Sessel sitzend, aus dem Fenster schauend, in Selbstmitleid versinken würde? Nun, es ärgerte ihn schlichtweg. Selbst der blöde Spiegel hatte sich gegen ihn verschworen, machte ihm das Leben schwer. Jedes Mal, wenn er den Knopf durch das Loch schieben wollte, spielte sein Gehirn ihm einen Streich, und seine Finger bewegten sich in die exakt entgegengesetzte Richtung. Philipp seufzte laut und ließ verzweifelt seine Arme sinken und das Hemd offen stehen.

Er hasste sein Spiegelbild. Täglich das gleiche, triste Gesicht. Rote Augen von der Schlaflosigkeit und den Tränen. Tiefe Sorgenfalten hatten sich überdies in seine Wangen gegraben. Seine Haare fielen ihm zerstrubbelt ins Gesicht. Friseur war auch mal wieder angesagt.

Nein. Hier und jetzt war es genug. Er musste ein Zeichen setzen. Ein letztes Mal griff er an seinen Kragen, wild entschlossen, den Knopf zu schließen, koste es, was es wolle. So schwierig konnte es nicht sein. Er musste nur verkehrt denken, um erfolgreich zu sein. Nach vorne schieben, wenn er zurück sah, nach links, wenn der Spiegel ihn von rechts überzeugen wollte.

Und zack, fügte der Knopf sich nahtlos ins Loch.

Philipp lächelte zaghaft. Das erste Lächeln seit Monaten. Das erste Erfolgserlebnis seit Monaten. Dank eines simplen Denkwechsels, schoss es ihm in den Kopf. Ja, das Leben hatte ihm übel mitgespielt, er hatte viel Pech gehabt, und das in einem sehr kurzen Zeitraum. Doch vielleicht hatte er auch zu schnell nachgegeben, zu schnell aufgegeben, sich seinem Schicksal widerstandslos gefügt. Hatte gar nicht erst überlegt, was er tun konnte, um sein Leben wieder in eine andere Richtung zu lenken. Vielleicht lag es auch ein bisschen an ihm selbst. Er konnte nicht erwarten, dass etwas von alleine besser wurde, sich von alleine zusammenfügte, das in tausend Scherben zersprungen war; dass er neue Ergebnisse erzielte mit der immer gleichen Einstellung. Vielleicht musste er all seine Handlungen ebenso spiegeln, um den Ausgang zu verändern.

Noch am gleichen Abend begann Philipp damit. Statt eines Pyjamas schlüpfte er in einen flauschig warmen Wollpulli, die Hose ließ er ganz bleiben. Dann legte er sich umgedreht ins Bett, mit dem Kopf am Fußende, und sah durch die Holzstäbe seines Kopfteils auf die weiße Wand. Sein Blick schweifte zu dem Ölgemälde darüber, das eine Brücke in Paris zeigte. Es war schon in der Wohnung gewesen, bevor er eingezogen war, doch jetzt sah er zum ersten Mal das ganze Farbenspiel der Wellen, die ineinander fielen, die Brücke, die sich darüber hinwegsetzte und standhielt.
Als er schließlich einschlief, träumte er von einem Spaziergang an der Seine und dem Eiffelturm.

Am nächsten Morgen wachte er erholt und ganz guten Mutes auf. Die Welt wartete darauf, verkehrt entdeckt zu werden.
Zum Frühstück aß er eine Portion Hühnchen mit Reis, die vom Vortag übrig war, aber immer noch vorzüglich schmeckte. Dazu genehmigte er sich ein kleines Bier. Etwas deftig für diese Uhrzeit, das musste er sich eingestehen. Trotzdem erfreute ihn sein üppiges Abendessen zum Frühstück.
Frisch gestärkt und, zugegeben auch etwas beschwingt, schlüpfte

er in frische Socken, Pulli und Hose, um einen Morgenspaziergang zu machen. Viel zu lange hatte er dafür keine Zeit gehabt, weil er jeden Tag zeitig zur Arbeit und die letzten Wochen viel zu sehr in Selbstmitleid versunken war.

Doch als er sich kurz vor der Haustür noch einmal im Spiegel sah, kam es ihm nicht richtig vor. Er stutzte einen Augenblick, betrachtete sich eingehend, dann kam ihm die Lösung: natürlich! Es war alles immer noch viel zu richtig. Viel zu normal. Er schlüpfte aus der Hose, drehte sie nach außen, schlüpfte wieder hinein. Ja, das war viel besser. Einige Fäden hingen an den Nähten herab, die Taschen standen von seinen Hüften ab, und der Reißverschluss war nicht mehr greifbar. Egal, dachte er und lächelte. In den 90er-Jahren war er schlimmer herumgelaufen.

Vor dem Wohngebäude blieb er stehen, beobachtete eine Weile die Menschen, die an ihm vorbeigingen und in ihrem täglichen unveränderten Trott weder ihn noch den Rest der Welt wahrnahmen. Auch er war bisher einer von ihnen gewesen. Hatte sich vom Strom mitreißen lassen, bis dieser ihn überrollt, überwältigt, ihm den Boden unter den Füßen weggezogen hatte. So wirklich wusste Philipp nicht, wo er hinwollte. Was er allerdings ganz genau wusste, war, dass er nicht mehr Teil dieses Stroms sein wollte.

Er drehte sich um, setzte einen Fuß hinter den anderen und spazierte rückwärts die Straße entlang. Anders herum kannte er den Weg ohnehin schon auswendig.

Anfangs war es seltsam. Als hätte er die Zeit zurückgedreht oder der Weltkugel einen Schubs in die falsche Richtung gegeben. Es verlangte ihm mehr Konzentration ab, mehr Koordination. Doch nach wenigen Minuten stapfte er selbstsicher hinter sich hin. Es störte ihn weder, wenn er gegen andere Passanten lief, die ihm ein verärgertes »Pass doch auf, Mensch« oder »Schau doch, wohin du läufst!« entgegenriefen, noch, dass er in Hundehaufen und Bananenschalen trat. Auch der anfängliche Schwindel legte sich. Stattdessen genoss er es, dass vor seinen Augen plötzlich ganz unerwartet Bäume und Hauswände auftauchten, Blumenkästen und bunte Werbeplakate, die ihm nie zuvor aufgefallen waren. Die ganze Welt entfernte sich von ihm, statt auf ihn zuzukommen, ihn zu überrollen.

Er kramte sein Handy hervor, musste dieses einzigartige Erlebnis unbedingt teilen. Eifrig tippte er eine Nummer ein.

»Ja?«, antwortete die zarte Stimme am anderen Ende zaghaft.

»Hallo Schatz. Ich bin gerade auf einem unglaublichen Rückwärtsspaziergang. Möchtest du mitkommen?«

»Eh...« Seine Tochter brauchte einen Moment, um seine Worte zu verarbeiten. Er hatte mit einer gewissen Verblüffung gerechnet. Erstens war es natürlich ein etwas seltsamer Vorschlag. Zweitens hatte er sie die letzten Wochen kaum angerufen. Meist wartete er darauf, dass sie sich meldete oder seine Noch-Frau ihm einen Besuch gewährte. Jetzt fragte er sich, warum eigentlich. Warum hatte er immer nur gewartet, ohne selbst die Initiative zu ergreifen?

»Es ist ein wirklich spannendes Erlebnis. Und ein wunderbarer Tag.« Er wusste, dass es bei einer 13-Jährigen etwas Überzeugungsarbeit brauchte, um sie aus dem Haus und weg von ihrem Handy zu locken.

»Ooookaaaay …«, kam es schließlich, immer noch zögerlich.

»Perfekt. Ich bin in einer halben Stunde bei dir.«

Es war bereits kurz vor Mittag. Er würde sich einen Kaffee holen, den er sonst pünktlich um drei Uhr zu sich genommen hätte. Vielleicht auch noch eine kleine Leckerei für seine Tochter. Er sah sich um, überlegte, wo er gerade war. Links von ihm war ein Supermarkt – viel zu einfach und langweilig, fand er –, dahinter ein Buchladen. Ideal.

Philipp trat ein, hielt die Tür mit seinem Rücken offen, während er die zwei Stufen vorsichtig rückwärts erklomm und wühlte sich dann durch die Schokoladentafeln, die mit schönen Sprüchen verziert waren. Auf dem Weg zur Kasse fiel sein Blick auf ein Plakat am Fenster: »Aushilfe gesucht«, stand da in großen handgeschriebenen Lettern.

Er legte die Schokolade aufs Pult, drehte sich zu der Dame hinter dem Tresen.

»Ist das noch aktuell?« Er deutete auf das Papier.

»Die Aushilfe? Ja.« Sie nickte. »Interesse?«

Eigentlich war Philipp Buchhalter gewesen. Aber richtige Bücher zu halten, zu sortieren, zu verkaufen, das schien ihm eigentlich viel sinnerfüllender.

»Ja«, antwortete er also und grinste.

Die Verkäuferin händigte ihm ein Formular aus. »Füllen Sie die Bewerbung aus. Dann können wir gern nächste Woche mal sprechen.«

Fast hatte er vergessen, warum er eigentlich hier war. »Haben Sie auch Kaffee?«

Jetzt sah die Dame ihn verwirrt an. »Kaffee?«

Er nickte.

»Nein, leider. Wir sind eine Buchhandlung.«

»Ja, ich weiß.« Wieder grinste er, nahm das Formular und stellte sich an die Kasse nebenan.

»In der Bäckerei zwei Straßen weiter gibt es tollen Kaffee«, hörte er dann eine Stimme hinter ihm. Er drehte sich um. Eine Frau, etwa in seinem Alter, mit langen braunen Locken, lächelte ihn an. »Falls Sie nach etwas Neuem suchen«, fügte sie hinzu. »Sie hat diese Woche erst geöffnet, der Kaffee ist wirklich lecker.«

Philipp lächelte sie breit an. »Vielen Dank für die Empfehlung.«

»Gern. Ich mag Ihre Hose.«

Einen Moment lang überlegte er, sie nach ihrer Telefonnummer zu fragen. Doch dafür war es zu früh. Er war noch lange nicht bereit, jemanden zu treffen. Trotzdem tat es unglaublich gut zu wissen, dass es diese Möglichkeit wieder gab. Dass es offenbar so viele Möglichkeiten gab, die nur auf ihn warteten, die er bisher einfach nicht gesehen hatte. Vermutlich nie gesehen hätte.

Er ließ das Formular bei der Verkäuferin, nahm seine Schokolade und machte sich rückwärts auf den Weg zur Bäckerei. Vor der Tür der Buchhandlung blieb er einen Moment stehen und betrachtete seine Silhouette im Glas – seine abstehenden Hosentaschen, seine aufrechte Haltung, und, wenn er ganz genau hinsah, auch sein Lächeln.

Endlich.

Endlich sah er einen neuen Mann.

Wetterliebe

Frankfurt, März 1996

Anne saß auf ihrem Bett und sah aus dem Fenster. Große weiße Flocken fielen vom Himmel, tanzten, schienen wieder zurück nach oben zu wollen. Sie war fasziniert von ihnen, wie sie durch die Luft wirbelten, verspielt, abenteuerlustig, fröhlich.

Bei ihr verlief alles vielmehr wie Nieselregen, gleichmäßig und gerade. Tag für Tag ging sie in die Schule, kam nach Hause, wärmte sich ihr Essen auf, machte ihre Aufgaben, lernte noch ein wenig für Buchhaltung oder kuckte lustlos eine Fernsehserie. Ja, es gab die Küsse im Pausenhof, Küsse im Park, Küsse auf der Straße, zwischen lärmendem Verkehr. Doch auch sie waren höchstens vereinzelte dicke Tropfen im schnurgeraden Nass, kein Wirbelwind, der ihre Welt auf den Kopf stellte.

Eine besonders dicke Schneeflocke landete auf der Glasscheibe, schmolz rasch und lief nach unten.

Oft fragte Anne sich, ob es jemals jemanden geben würde, der ihre Welt durchwirbeln, sie zum Tanzen bringen würde wie eine Schneeflocke, die niemals landen wollte. Oder würde sie auch irgendwann als schmelzender Tropfen enden, auf einem einsamen, starren Weg ins einheitliche Nass?

Norderstedt, September 2011

Die Sonne strahlte mit aller Kraft vom Himmel. Trotzdem schien sie verschwindend gering im Vergleich zu der Wärme in Annes Herzen. Voller Glück blickte sie lächelnd auf den wunderbaren Mann, der ihr gegenüberstand, im schicken dunkelblauen Anzug. Er blinzelte gegen einen Sonnenstrahl an und sah sie mit einem genauso breiten Lächeln an, als er mit sanfter aber überzeugter Stimme sagte: »Ja, ich will.«
Ein Blatt wirbelte um sie herum, während sie sich küssend in die Arme fielen.

Aschaffenburg, Dezember 2037

Ein Glöckchen klingelte am Weihnachtsbaum. Vielleicht ein Zweig, der sich gelöst und es beim Fall gestreift hatte. Vielleicht der Windzug, der durch das gekippte Fenster drang. Trotz der klirrenden Kälte hatten sie es etwas geöffnet, weil sie es so liebten, dem Schneegestöber zu lauschen, die Kälte und das Eis zu riechen.
Sie saßen direkt vor dem Fenster, nebeneinander auf zwei Stühlen. Ihre Hände waren über der Mittellehne miteinander verschlungen. Anne strich zärtlich über Luisas langsam faltig werdende Haut, die sich trotzdem so sanft unter ihren eigenen faltigen Fingern anfühlte. Luisa lächelte sie an, lehnte ihren Kopf

an Annes Schulter, Anne küsste ihre Haare, lächelte, während sie das Schneetreiben beobachteten.

Ihr Leben war bisher eine Mischung aus wilden Stürmen und bunten Regenbögen gewesen. Luisa war definitiv ihr Wirbelwind gewesen. Und trotzdem konnten sie ihre Liebe auch stundenlang in aller Stille genießen und dem einheitlichen Schneetreiben zusehen oder dem Nieselregen zuhören.

Was wohl die Wettervorhersage für die nächsten Jahre war?

Der magische Ort

oder

Die Frage nach dem Wert der Liebe

Es war einmal ein Ort, der war so wunderschön, dass es schwer war, ihn zu beschreiben.

Es war ein Ort, an dem man dem Glück in die Augen sah. Ein Ort, an dem man die Nächte damit verbringen konnte, nur dazuliegen und den Himmel zu betrachten und sich dabei vollkommen und erfüllt fühlte. Ein Ort der Geborgenheit, der Zufriedenheit und der Hingabe. Man konnte alles von diesem Ort bekommen, er gab es einfach, ganz selbstverständlich und ohne ihn darum bitten zu müssen, und auch ohne, dass er jemals etwas dafür zurück-verlangt hätte.

Natürlich klingt das zu schön um wahr zu sein, aber ich kann euch versichern, dass dieser Ort wirklich existiert!

Denn es gab auch zwei Menschen, die schon dort gewesen waren. Unabhängig voneinander und weder gemeinsam noch gleichzeitig. Aber beide waren sie an diesem wundersamen Ort gewesen, und der Zauber und die Vollkommenheit, die sie dort erlebten, hatten sich tief in ihr Herz eingeprägt.

Die beiden Menschen waren ein Mädchen und ein Junge. Genau genommen, waren sie kein Mädchen und kein Junge mehr, eigentlich waren sie schon zu alt dafür, aber trotzdem waren sie es irgendwie doch geblieben. Also werde ich in meiner Geschichte auch dabei bleiben.

Das Mädchen war, seit sie den Ort verlassen hatte, ein bisschen traurig. Sie musste oft daran denken, wie glücklich sie dort gewesen war und fühlte sich seitdem unvollständig und leer. Sie vermisste die Selbstverständlichkeit, die Unkompliziertheit des Ortes, sie vermisste die Leichtigkeit, mit der sie so herzlich gelacht hatte, die Selbstlosigkeit die sie empfunden hatte, die Hingabe, mit der sie jeden Tag dort gelebt hatte, und vor allem vermisste sie, wie dieser Ort sie selbst verändert hatte.

Jetzt, da sie wieder zurück war, überkam sie das Gefühl, dass ihr etwas fehlte und dass es ihr nicht mehr möglich war, wirklich glücklich zu sein, zumindest solange sie nicht wieder dorthin zurückkehren würde. Und sie hätte alles getan, alles gegeben, um zurückzukehren. Sie war bereit, bereit, dafür zu kämpfen, bereit, Opfer zu bringen, bereit, alles zu versuchen, was in ihrer Macht stand.

Das Problem war, dass der Ort sich ihr entzogen hatte. Er war immer noch in ihrem Herzen – wie ich schon sagte – er war in ihr, in ihren Gedanken, in ihrem Kopf. Aber er war nicht mehr da. War unerreichbar. Und das Ärgernis mit solchen Orten ist, dass es dafür keine Landkarten und keine Wegweiser gibt. Man findet sie einfach, und wenn man die überwältigende Schönheit sieht, kann man es kaum glauben und weiß auch gar nicht, wie man plötzlich hier gelandet ist. Aber genauso plötzlich verschwinden sie auch wieder, man lässt sie kurz aus den Augen, oder man fühlt sich ihrer so sicher, dass sie weg sind, bevor man sich auf ihre Abwesenheit einstellen kann. Wenn man das denn überhaupt je kann.

Der Junge hatte es da etwas leichter. Denn er hätte gewusst, wie er an den Ort hätte zurückkehren können. Nur wollte er das gar nicht. Denn dem Jungen war klar, dass der Ort nicht mehr der gleiche sein würde. Dass auch er selbst sich verändert hatte, dass die Zeit viel veränderte. Vielleicht waren dort, wo er früher seine Füße in den Sand gesteckt hatte, jetzt Bäume. Vielleicht würde er den Ort gar nicht mehr als so vollkommen empfinden, weil er nicht mehr die gleiche Faszination hatte, wenn man ihn schon einmal als so schön erlebt hatte. Der Junge hatte viel zu viel Angst vor den Veränderungen, die er vorfinden würde und der Enttäuschung, die diese mit sich bringen würden, um zurückkehren zu wollen. Lieber würde er den Ort so in Erinnerung behalten, wie er war, in all seiner Schönheit und Vollkommenheit. Als etwas, das gut war, wie es war, an dem man sich erfreuen sollte, wann immer man daran zurückdachte. Er befürchtete, dass, wenn er an den Ort zurückkehren würde und ihn nicht so wiederfände, wie er damals war, er nicht das gleiche empfände, er Enttäuschung darüber fühlte und all seine Erinnerungen erblassen könnten. Er fürchtete, dass ihm das Glück und das Gute, an das er zurückdenken konnte, abhandenkämen. So beschloss er, sich besser auf die Suche nach anderen Orten zu machen, nach Orten, die ähnlich waren, aber nicht gleich. Nach Orten, die auch reich an Glück und Zauber waren.

Eines Tages kam es, dass das Mädchen und der Junge sich trafen und nach kurzer Zeit unweigerlich auf den Ort zu sprechen kamen. Beide schwärmten anfangs davon, erzählten sich ihre Erfahrungen und wie sie sich dabei gefühlt hatten, und man sah dem Mädchen an, dass in ihren Augen Tränen der Sehnsucht und der Wehmut lagen.

Der Junge fragte, warum sie traurig sei, und das Mädchen antwortete, dass sie den Ort vermisste, und dass sie sich traurig fühlte, weil er nicht mehr erreichbar war und sie nicht wusste, ob sie jemals zurückkehren könnte.

Der Junge lächelte sie an und sagte, sie müsste nicht traurig sein, denn der Ort sei für immer in ihrem Herzen. Sie könne sich stets an ihn zurückerinnern, daran denken, wie schön er war, und diese wunderbaren Erinnerungen würden sie für immer begleiten.

Er erklärte ihr, dass er gar nicht zurückkehren wollte, obwohl er es könnte, da er ihn lieber so in Erinnerung behielt, wie er damals war. Dann erzählte er ihr von seinen Bedenken über die Beständigkeit des Ortes, über die möglichen Veränderungen und darüber, dass er ihn womöglich gar nicht mehr so erleben würde.

Aber das Mädchen konnte das nicht verstehen. Sie war überzeugt davon, dass, selbst wenn der Ort sich verändert haben sollte, wenn jetzt Bäume am Strand wachsen würden, man auch unter den Bäumen wunderbare Stunden erleben könnte, sich in ihren Schatten legen oder auf sie hinaufklettern und ganz weit hinausblicken könnte. Sie sah ein, dass er verändert wäre, aber sie hätte den Ort auch mit all seinen Veränderungen gern wiedergesehen. Hätte sich diesen neuen Herausforderungen gestellt, in all ihren Facetten, als verlockende Aufforderung, aus den Neuerungen zu lernen. Hätte sie als Chance gesehen, als Tür zu anderen Welten, die vielleicht nicht weniger Zauber mit sich brachten.

Und selbst, wenn der Ort ihr irgendwann abhandenkommen sollte, so hätte sie doch ein Weilchen dort verweilen können und zumindest gewusst, dass sie es versucht hätte. Und sie müsste nicht ewig diesem einen, diesem speziellen Ort nachtrauern, sondern könnte sich etwas davon mitnehmen und weiterziehen, das Beste davon in die Welt hinaustragen und sehen, ob all das auch noch woanders existiere.

Nun sprach sich die Geschichte der beiden und des wundersamen Ortes schnell herum. Manche Leute, die von ihm hörten, waren selbst schon dort gewesen und erinnerten sich daran zurück, manche dachten wie das Mädchen, manche dachten wie der Junge. Die meisten hatten von ihm gehört, konnten aber nicht recht daran glauben, dass er tatsächlich existierte oder hatten ihn zu lange gesucht und irgendwann aufgegeben.

Einer war unter ihnen, der überall bekannt war, ganz besonders für seine Neugier und seinen Drang, alles herauszufinden und der Wahrheit auf den Grund zu gehen.

Als ihm die Geschichte von dem Mädchen und dem Jungen und ihren unterschiedlichen Sichtweisen darüber zu Ohren kam, war seine Neugier erneut geweckt, und er begann, darüber nachzudenken, wer denn recht hatte, und wer von den beiden den Ort wohl mehr liebte.

Es ließ ihm keine Ruhe mehr, er musste so viel darüber nachdenken, dass es ihn um den Schlaf brachte, denn er konnte selbst zu keiner befriedigenden Lösung kommen. Wie er es auch drehte und wendete, jedes Mal fand er andere Argumente. Er konnte für beide Sichtweisen Verständnis aufbringen, aber manches auch so gar nicht verstehen. Er konnte sich schlicht und einfach nicht entscheiden.

Also beschloss der Neugierige, direkt an der Quelle eine Antwort zu finden. Zuerst versuchte er es bei dem Mädchen. Er fuhr zu ihr und fragte: »Wie sehr liebst du diesen Ort?«

Das Mädchen brauchte nicht lange, um zu antworten: »Ich liebe ihn mehr, als du dir vorstellen kannst. Ich liebe ihn so sehr, dass ich mich selbst darin vergaß, ohne mich je zu verlieren; dass ich mich stattdessen in ihm wiederfand, mich selbst neu entdeckte und mich wiedergeboren fühlte.«

Der Neugierige fand, dass das eine sehr gute Antwort war.

Er ging weiter zu dem Jungen, um ihn zu fragen: »Wie sehr liebst du diesen Ort?«

Auch der Junge musste nicht lange überlegen. »Ich liebe ihn so sehr, dass er auf ewig in meinem Herzen sein wird, dass er mich immer wieder glücklich machen wird, wohin auch immer ich gehe; dass ich diese Liebe in mir tragen kann, sie mir Kraft gibt und da ist, selbst wenn ich nicht mehr dort bin.«

Auch diese Antwort fand der Neugierige sehr einleuchtend. Aber beide Antworten halfen ihm nicht bei der Lösung seiner eigenen Frage. Wer von den beiden liebte den Ort nun mehr?

In seiner Verwirrung beschloss er, einen Dritten um Rat zu fragen, jemanden, der für seinen logischen Verstand bekannt war. Er wollte einen klugen, alten Mathematiker aufsuchen, der schon viel berechnet und zahlreiche Preise gewonnen hatte. Der Neugierige brauchte ihm die Geschichte gar nicht zu erzählen, denn selbst bis zu dem Mathematiker war sie schon durchgedrungen, und er meinte sofort: »Die Lösung für dein Problem ist sehr einfach. Wie bei allem, das man vergleichen möchte und dessen Größe man herausfinden will, braucht man eine Maßeinheit und eine Skala. Wie ist deine Maßeinheit?«

Der Neugierige schüttelte verwirrt den Kopf. »Maßeinheit? Es gibt doch keine Maßeinheit für die Liebe!«

»Nun, das macht die Sache natürlich nicht so einfach. Nehmen wir einfach an, die Liebe selbst ist die Maßeinheit«, versuchte der Mathematiker, die Situation zu retten.

»Dann brauchen wir jetzt natürlich verschiedene Kriterien, die wir in unserer Skala einordnen können, um herauszufinden, welcher der beiden am Ende den größeren Wert an Liebe besitzt.« Wieder überlegte der Neugierige angestrengt. »Was meinst du mit Kriterien?«

»Nun ja,« erklärte der Mathematiker und malte eine Gerade an die Tafel, die er dann mit den Ziffern eins bis zehn vermerkte. »Nehmen wir an,« fuhr er fort, »dass dies hier unsere Skala ist. Nun brauchen wir einzelne Kriterien, die wir hier einordnen können. Du musst mir sagen, welche Gründe für ihre Liebe die beiden angaben, wie sie dir ihre Liebe erklärten. Dann müssen wir die einzelnen Kriterien bewerten: Also, welche Erklärungen sind wichtiger, welche Aussagen sind mehr wert als andere Aussagen; jeder einzelnen verleihen wir eine Punktezahl nach ihrer Wertigkeit, ordnen sie in der Skala ein und bestimmen so den Wert der Liebe.«

Der Neugierige fing an zu grübeln. Er ließ sich jeden einzelnen Satz der beiden noch einmal durch den Kopf gehen, versuchte, sie zu vergleichen und zu bewerten, aber so sehr er sich auch anstrengte, es gelang ihm nicht, einer Aussage mehr Bedeutung zuzuordnen als einer anderen.

Also verabschiedete er sich schnell wieder von dem preis-gekrönten Mathematiker und suchte jemanden auf, der für seine Weisheit und Erfahrung bekannt war.

Dieser Jemand wohnte tief unten am Meeresgrund in einer kleinen, von Algen und Korallen bewachsenen Höhle. Der Neugierige nahm all die Strapazen auf sich, um zu dem Weisen unter dem Wasser zu gelangen, denn es ließ ihm keine Ruhe mehr. Er musste endlich die Antwort bekommen, welche Liebe nun größer war.

Als er – erschöpft und atemlos, aber froh, da er überzeugt war, mit einer Lösung wieder nach oben zurückzukehren – in der Höhle des Weisen ankam, erzählte er diesem die Geschichte vom Mädchen und dem Jungen. Der Weise hatte noch nicht davon gehört, und so trug ihm der Neugierige sein Anliegen vor und auch die Antwort der beiden, als er sie nach der Tiefe ihrer Liebe gefragt hatte. Er berichtete ihm ebenfalls von dem Mathematiker, und dass es ihm nicht genügte, die Kriterien auf der Skala einzuordnen und die Antworten zu bewerten, um dadurch die Größe der Liebe festzustellen.

Der Weise fragte ihn, warum es ihm nicht gelungen war, die Kriterien einzuordnen. Der Neugierige musste einen Moment lang überlegen und antwortete dann, dass doch jede Aussage, jede Erklärung für sich stand und nicht verglichen oder bewertet werden könnte. Und selbst wenn er diese bewerten würde, so wäre das nur seine eigene Ansicht, und für andere Menschen sei vielleicht ein anderes Kriterium viel mehr wert. Er aber wollte eine allgemeingültige Lösung finden.

»Warum?«, fragte der Weise. »Warum brauchst du eine allgemeingültige Lösung?«

»Weil ich herausfinden muss, welche denn die wirkliche Liebe ist, welche echt und wahrhaftig ist und die einzig wahre«, antwortete der Neugierige voller Selbstverständlichkeit.

»Nun, dann will ich dir eine Geschichte erzählen«, meinte der Weise, und der Neugierige horchte aufgeregt auf, in der begierigen Hoffnung, der Antwort jetzt ganz nahe zu sein.

»Es waren einmal zwei Bauern, die beide große Felder hatten. Der eine von ihnen sah am Ende seines Feldes eine große Blumenwiese, zu der er gelangen wollte, um nach der Arbeit den allerschönsten Strauß zu pflücken. Im Schweiße seines Angesichts kämpfte er sich bei sengender Hitze durch den harten, dürren Boden, immer die Blumenwiese vor Augen, die Schönheit, die sie ihm bot, wissend, dass der Strauß seine Mühen wert sein würde.

Der andere Bauer wiederum, dessen Feld gegenüber lag, erblickte die Blumenwiese von der anderen Seite aus. Auch er arbeitete sich durch sein Feld, den Blick nebenbei immer wieder auf die Blumenwiese gerichtet und sich an ihrer Schönheit erfreuend. Er hingegen beschloss, sie so zu lassen, wie sie war, nichts von ihr zu pflücken, da er Angst hatte, etwas von ihrer Schönheit zu zerstören. Am Ende des Tages hatten beide Bauern ihr Feld gepflügt, und beide hatten sich auf ihre Art an der Schönheit der Blumen erfreut.«

Ohne eine weitere Erklärung verstand der Neugierige alles, was er wissen musste. Es ging nicht darum, wer die Wiese mehr liebte oder sich mehr an den Blumen erfreute, es gab auch keine bessere oder schlechtere Art, sich an den Blumen zu erfreuen, nur unterschiedliche.

Und auch wenn er nicht wusste, ob das Mädchen je ihren Strauß mit nach Hause nehmen könnte, ob sie noch mehr Blumenwiesen finden würde oder sie für immer vom Duft dieses einen Straußes zehren müsste und traurig darüber wäre, ihn nicht mehr zu haben, so war er sich immerhin einer Sache ganz sicher: Liebe war Liebe, und das blieb sie immer. Es spielte keine Rolle, wie man sie lebte, empfand oder in sich trug. Und jeder Ort, an dem sie sich einem offenbarte, war magisch und einzigartig.

Zwei Blickwinkel

Der junge Mann mit seinen zwei Kindern spazierte wieder vorbei, wie jeden Morgen, wohl auf dem Weg zum Spielplatz. Dunkle Haare, groß gewachsen, erinnerte er sie an ihren eigenen Sohn. Doch der war schon seit Monaten nicht mehr mit seinen Kindern hier spaziert. Eigentlich kam er nur noch zu Weihnachten. Und jetzt war doch erst September.

Oder November?

Sie drückte ihre Nase ans Fenster, versuchte, die Familie so lange wie möglich im Blick zu behalten, ihre kleinen Wuschelköpfe, die fröhlichen Stimmen, die sich langsam entfernten. Der Junge drehte sich zu ihr um, sie winkte. Er winkte zurück. Sie stutzte. Waren es doch ihre eigenen Enkel? Hatte sie ihr Klingeln wieder mal nicht gehört?

Was wollte die alte Frau von ihm? War ihr langweilig oder war sie einfach nur neugierig? Tagtäglich saß sie am Fenster, lächelte, winkte ihnen zu. Er kannte sie doch gar nicht. Es störte ihn auch, ständig von Nachbarn beobachtet zu werden. Keinen Schritt konnte man unternehmen ohne ihre neugierigen Blicke. Jeder hatte eine Meinung zu allem, wollte wissen, woher man kam oder noch schlimmer – wusste es schon! Doch die alte Frau war besonders aufdringlich, hatte jede seiner Bewegungen im Blick. Einige Male hatte sie ihm auch etwas zugerufen. Einen Namen? Er war nicht sicher, hatte kurz die Hand gehoben und war schnell weitergelaufen.

Sie ärgerte sich über die Zeitung. Oder die Zeitungsausträger, die heutzutage so schlampig arbeiteten. Nun hatten sie ihr Highlight der Woche vergessen: die bunten Seiten mit den vielen schönen Produkten und Rabattaktionen. Sie war seit Monaten in keinen Supermarkt mehr gekommen, war angewiesen auf den täglichen Zustelldienst. Musste sich überraschen lassen, ob es zum Mittagessen Schnitzel gab oder Salat. Oder Brot, das sie nicht beißen konnte. Wie gern wäre sie wieder einmal durch die Gänge spaziert, hätte sich ihre Lieblingssuppe gekauft und einen Schokopudding. So blieb ihr nur übrig, sich all die schönen Dinge anzusehen, sich vorzustellen, wie sie schmeckten. Und jetzt hatte sie nicht mal mehr das.

»Herr Graumeier, gehen Sie zu den Briefkästen?«, erklang es hinter ihm, noch bevor er sich die Treppen hinunter retten konnte. Er seufzte. Dann drehte er sich um, setzte ein Lächeln auf. Sie lugte ihn durch die Tür an. Konnte kaum was sehen, aber seinen Namen auf der Tür, den hatte sie offenbar entziffert.

»Nein, ich war heute Morgen schon«, versuchte er, sie abzufertigen. Was konnte die alte Frau schon wichtiges von der Post bekommen? Ihre Box war immer leer, bis auf die Gratiszeitung. Er hatte keine Lust, die vier Stockwerke runterzulaufen, um die Gratiszeitung aus ihrem Briefkasten zu fischen und damit hochzulaufen. Sein Sohn wartete auf ihn, und er war ohnehin schon spät dran.

»Ich habe den bunten Innenteil nicht bekommen«, klagte sie.

Was für einen bunten Innenteil? Meinte sie etwa die Werbeprospekte?, fragte er sich. Die hielt sie doch in der Hand!

»Ich bringe Ihnen nachher meinen vorbei. Ich hab zwei davon. Vermutlich eine Verwechslung«, antwortete er, wollte sich nicht auf eine Diskussion einlassen. Wen interessierte schon der Werbeteil?

An diesem herbstlichen Morgen war er auf der Suche nach verlorenen Kissen, die der Sturm davongetragen hatte. Sie hatte sie schon früh morgens erspäht, während sie zu harte Brotstücke in den Kakao tunkte. Aufgeregt wartete sie seitdem auf den Moment, dass er endlich in ihrem Blickwinkeln auftauchte, um ihn anleiten zu können, ihm zu zeigen, wo sie verstreut waren. Immerhin hatte sie doch jedes einzelne ausfindig gemacht.

Ein Honigbrot, zwei Gläser Limonade und eine Suppe dauerte es, bis er endlich kam, sie das Fenster aufriss und rief: »Gleich hinter der ersten Linde, Herr Graumeier.«

Langsam war es wirklich genug. Am Vormittag hatte sie ihn wie ein junges Huhn durch den Garten gescheucht. Auch, dass es seine Kissen waren, die überall verstreut lagen, war ihr natürlich nicht entgangen. Konnte sich vermutlich nicht erinnern, was sie gefrühstückt hatte, aber seine Kissen, die hatte sie fest im Blick. Ob das auch bei den anderen Nachbarn so war? Oder galt ihre Aufmerksam nur ihm?

Jetzt ging er deshalb genervt, fast geduckt, aus der Haustür über den Kiesweg. Keinesfalls wollte er wieder über angeblich falsch zugestellte Prospekte diskutieren und dann fünf Mal klingeln müssen, bis sie ihn hörte, wenn er ihr seine Zeitung überließ, die er noch schnell aus dem Müll gefischt hatte. Er warf einen gehetzten Blick nach oben.

Doch zum ersten Mal seit Monaten war das Fenster leer.

Entgeisterte Weihnacht

Der blöde Baum wollte auf keinen Fall durch die Tür, egal, wie er ihn drehte oder wendete. Verärgert zog er am Stamm, was dazu führte, dass die breiten Äste sich noch mehr sträubten, sich am Rahmen festzuhalten schienen. Er hasste den Baum schon, bevor dieser überhaupt das Wohnzimmer verschandeln konnte.

Mit einem wutgeladenen Ruck zog er an dem riesigen Ding. Dann saß er auf seinem Hosenboden, den Stamm auf seinen Beinen, Zweige überall: auf seinen Schuhen, im Eingang, Nadeln piksten ihn durch den dünnen Stoff seines Anzugs. Was für eine Schnapsidee Christbäume doch waren. Hatte er noch nie verstanden, warum man sie auf Weihnachten zu Tausenden absägte und mit den seltsamsten Dingen behängte – vom Elf bis zum Hamburger. Elfen gab es keine, dessen war er sich sicher, sonst müsste er sich hier nicht alleine abmühen. Und Hamburger ... Er schüttelte den Kopf und den Gedanken ab. Er konnte nur hoffen, dass ihn in der Kiste im Wohnzimmer keine derartigen Absurditäten erwarteten. Nachdem er sich aufgesetzt hatte, griff er den Baum wieder am untersten Ende und schleifte ihn hinter sich her. Der Türrahmen zum Wohnzimmer erwies sich als wesentlich breiter, diesmal kam er problemlos hindurch. Die Halterung stand in der Ecke des Raumes bereit. Einen Moment blieb er stehen, sah sich um, atmete tief durch. Er konnte jetzt eine Stärkung brauchen. Irgendwo hier musste doch ... ach ja. Auf dem Schrank neben dem Sofa stand eine angebrochene Flasche Single Malt Whisky. Er nahm sie, öffnete sie und ließ das flüssige Gold seine Kehle hinunterlaufen.

Wunderbar. Jetzt war er für alles gerüstet.

Er testete die Halterung auf Standfestigkeit, befand sie für gut genug und hievte den riesigen Baum wieder hoch. Mit einem Ruck setzte er ihn auf die runde Öffnung. Natürlich passte der Stamm nicht hinein, war viel zu dick. Erneut verärgert, die ganze Whisky-Entspannung verflogen, warf er ihn zu Boden. Dann griff er nach dem Messer in seiner Hosentasche und begann, das Ende des weichen Holzes abzuschaben. Dicke und dünne Späne landeten auf dem sauberen Parkettboden. Seine Hand krampfte. Doch schließlich war es vollbracht, spitz und schlank deutete das hölzerne Ende auf sein Ziel.

Erst noch ein Schluck aus der Flasche. Hatte er sich jetzt verdient.

Er fühlte sich schon viel leichter, fast schwang er den

Baum in die Halterung, wo er sich widerstandslos einfügte. Ha! Na bitte, ging doch, dachte er, trat einen Schritt zurück und betrachtete zufrieden seine Arbeit.

Zugegeben, etwas schief das ganze. Offenbar hatte er ein bisschen zu enthusiastisch geschnitten.

Egal. Jetzt stand der Baum, dekorieren war angesagt. Freudlos kramte er in der Box mit dem Weihnachtsschmuck. Zinnsoldaten, bunte Kugeln, Engel und Glöckchen. Alles recht traditionell. Keine Hamburger, was für ein Glück.

Er nahm eine Handvoll Schmuck und hängte alles, ohne groß nachzudenken, an die erste leicht erreichbare Stelle. Es machte ihm keinen Spaß, der Geist der Weihnacht erfüllte ihn definitiv nicht. Überhaupt war es die schlechteste Idee aller Zeiten gewesen, ihn zum Christkind zu ernennen.

Noch ein Schluck Single Malt – wirklich gute Qualität übrigens –, noch eine Handvoll Schmuck, diesmal etwas weiter oben, jedoch keineswegs besser verteilt. Zwei große Engel kamen ganz nach unten, schienen den Baum mit ihren breiten Flügeln noch weiter Richtung Boden zu ziehen. Ob er umfiel, bevor er fertig war? Er hoffte, dass er zumindest halten würde, bis er die Geschenke darunter gelegt hatte.

Mit jedem Schluck Whisky ging ihm die Dekoration

leichter von der Hand. Selbst die Elfen ärgerten ihn nicht mehr. Zwei oder drei Kugeln fielen ihm hinunter, zerbrachen und mischten sich zwischen Tannennadeln und Holzspäne. Würde er am Ende alles zusammen unter den Baum kehren. Nur nicht darauf treten, sagte er sich, während er nach einem Rentier griff. Schwungvoll setzte er es auf einem Zweig neben einer goldenen Locke des vermeintlich wirklichen Christkinds ab. Auch so ein Schwachsinn – das goldgelockte Engelchen, das Geschenke auf der ganzen Welt verteilte. Nicht so schlimm wie der rot-weiße Cola-Mann, fand er, doch die Realität war viel härter. Warten, bis die Kinder aus dem Haus waren, Baum schleppen, abschleifen, hier heben, da heben, rein, raus, Engel und Elfen.

Gleich noch ein Schluck aus der Flasche. Es machte ihn zusehends ruhiger, entspannter. Der Baum erschien ihm nun auch gar nicht mehr so schief. Er hatte einige richtig schwere Engel auf die andere Seite gehängt, vermutlich hatte er das ganze damit ausgeglichen. Geniestreich. Vielleicht war er doch gar nicht so untalentiert für den Job. Leichtfüßig, beinahe gut gelaunt, machte er sich an den Lametta. Lila und silber gab es. Er öffnete beide Packungen, bediente sich großzügig und schmiss Schub für Schub auf die Zweige. Das ging ja schnell. Keine fünf Minuten, und der Lametta war aufgebraucht, und der

Baum glänzte. Und drehte sich ein wenig. Musste an den Rentieren liegen. Rudolf mit seiner roten Nase machte ihn ganz kirre, starrte ihn herausfordernd an. Er nahm ihn und verbannte ihn an die Hinterseite des Baums.

Irgendetwas fehlte noch. Ein weiterer kritischer Blick auf sein Werk, ein weiterer Schluck aus der Flasche. Viel war nicht mehr übrig, stellte er fest. Auch nicht von der Deko. Was war es bloß? Ach ja. Die Lichter. Neben der Kiste mit dem Schmuck lagen elektrische Kerzen, ordentlich aufgerollt und verpackt. Er öffnete sie, zog am ersten Licht, das er greifen konnte, und klemmte es auf einen dünnen Ast neben einen Wichtel. Auf beiden Seiten hing der Rest der Kette hinunter, zog an dem Ast. Er musste schnell handeln. So, wie sie ihm in die Finger kamen, steckte er die restlichen Lichter an, eines passte nur noch auf den Hut eines Elfen. Das Kabel, das in die Steckdose sollte, war nun ganz oben, fast an der Spitze des Baumes. Eine etwas seltsame Spitze, musste selbst er sich eingestehen, doch daran war jetzt auch nichts mehr zu ändern. Die ganze Kette wieder zu entfernen und neu aufzurollen, würde in einem aussichtslosen Wirrwarr enden, nach oben klettern und das Kabel hinter den Baum werfen, war ihm zu riskant. Dazu fehlte es ihm bereits an Standfestigkeit. Kein Problem, nichts, was ein ordentliches Verlängerungskabel später nicht lösen könnte.

Er nahm den Single Malt, trank den letzten Schluck und betrachtete zufrieden den fertigen Baum. Die Engel grinsten ihn an, umarmten und küssten sich, der Lametta vermischte sich mit den Lichtern zu einem großen, glänzenden Ball.

Wunderbar. Die Familie würde begeistert sein.

Moment, die Geschenke. Die durften nicht fehlen. Er torkelte ins Nebenzimmer, wo auf einem Tisch eine Vielzahl liebevoll verpackter Pakete stand. Er griff sich zwei und trug sie nach draußen. Ab unter den Baum damit und die nächsten holen. Diese waren schwerer, er stieß ein paar Mal gegen die Wand. Na wenn schon. In all der Weihnachtsfreude würde niemand mehr die Dellen an den Päckchen bemerken.

Noch drei. Er packte sie aufeinander, schwankte erneut Richtung Baum, sah ihn aber trotz seiner überirdischen Größe erst, als er Zweige und Lametta im Gesicht hatte und die Geschenke auf dem Boden verteilt lagen. Ein paar Fetzen Papier hingen an allen Seiten herunter.

Oh, eine Eisenbahn, stellte er fest und hickste.

Müde ließ er sich auf den Boden fallen, stütze sich auf den halb ausgepackten Sachen ab. Eine Hand landete in den Scherben der zerbrochenen Kugeln. Als er nach unten sah, um die Verletzung zu begutachten, klingelte es lautstark in seinen Ohren. Er tastete auf seinen Kopf, zog sich ein Glöckchen aus den Haaren. Auf den fröhlichen Laut hin, den es von sich gab, dauerte es keine Minute, bis die Tür aufging und ein kleiner blonder Junge hereinstapfte, dessen offensichtliche Erwartung und Vorfreude sich umgehend in Staunen und Enttäuschung verwandelten.

»Papa?«

Oh-oh.

Aufgeflogen.

September 1986

»Ich mag dein T-Shirt«, sagte das dunkelhaarige Mädchen und deutete auf ihren Bauch.

»Gefällt dir Daisy Duck?«, fragte Emelie.

»Ja!«

Emelie freute sich. Es war ihr erster Schultag, und bisher hatte sie nicht mit vielen anderen Kindern gesprochen. Sie war ein bisschen schüchtern, alles war ihr ein wenig zu viel. Laute Schreie, unnachsichtige Schubser, die Lehrerin, die unzählige Namen vorlas, ihr Sitznachbar, der ihr permanent etwas zuflüsterte, wenn sie eigentlich erfahren wollte, was hier die nächsten Tage so passierte. Doch dieses Mädchen schien nett. Und sie mochte Daisy.

»Ich bin Anneliese«, stellte sie sich nun vor und streckte ihr die Hand entgegen.

»Emelie.« Sie nahm an und schüttelte sie.

»Willst du heute Nachmittag zu mir kommen, Emelie? Ich hab die ganzen Disney-Figuren. Oder wir könnten auch im Garten spielen.«

Das klang doch gut. Emelie nickte. »Ich muss meine Mama fragen. Aber ich würde gern zu dir kommen. Danke«

April 1994

»Hast du gesehen, wie er dich heute angesehen hat?«, fragte
Anneliese und rollte mit den Augen.

Emelie schüttelte den Kopf. »Das sagst du nur so. Das stimmt
doch gar nicht. Er hänselt mich in einem fort.«

»Das tun Jungs eben, wenn sie auf dich stehen.« Ihre beste
Freundin versuchte seit Wochen, Emelie davon zu überzeugen,
dass Tobi eigentlich total verliebt in sie war. Doch vermutlich tat
sie das nur, weil sie wusste, dass Emelie total in Tobi verliebt war.
In seine dunklen Augen, sein fröhliches Lachen und ... oh Gott, er
war so klug! Er war der Beste in Mathe, hatte aber auch keine
Probleme mit Englisch oder Französisch. Sie hingegen hatte
letztens, als sie bei einer Gruppenarbeit zusammenarbeiteten,
glatt ihr ganzes englisches Vokabular vergessen und ihn nur
angestarrt. Er musste denken, dass sie total bescheuert war. Oder
stumm. Dabei war sie nur gelähmt gewesen, überfordert von der
Situation und seiner sanften Stimme.

»Morgen fragst du ihn, ob er mit dir eine Cola trinken will«,
entschied Anneliese.

»Du spinnst. Das mache ich bestimmt nicht!«

»Solltest du aber! Dann weißt du zumindest Bescheid.«

»Vermutlich lacht er sich tot, und ich kann ihm nie wieder unter
die Augen treten!« Emelie drückte sich ein Kissen auf den Kopf.
Anneliese zog es zur Seite und sah ihre Freundin ernst an.

»Quatsch. Es geht um eine Cola, nicht um den Jahres-abschlusstanz. Wenn er darüber lacht, ist er entweder unsicher oder ein Idiot. Und dann hast du sowieso nichts mit ihm anzufangen, denn du bist richtig begabt und besonders.«

Emelie kam gänzlich hinter dem Kissen hervor und lächelte sie an. Vielleicht hatte Anneliese recht. Vielleicht war es gar kein so schlechter Plan.

November 2000

Anneliese saß wie ein großer Steinbrocken vor ihr auf dem Boden, reglos, tonlos. Seit sie angekommen war, hatte sie kaum ein Wort gesagt. Eine einzelne Träne lief über ihre Wange.

»Anni, Süße ... es tut mir so leid!«, flüsterte Emelie. Sie fühlte sich völlig hilflos. Sie kannte diesen Schmerz nicht, war noch nie so verletzt worden. Sie hatte noch nie so geliebt.

»Was kann ich tun?«, fragte sie, doch Anneliese schüttelte wie in Zeitlupe schweigend den Kopf.

»Dieser Arsch«, schimpfte Emelie. »Ich hätte nie gedacht, dass er einfach abhaut. Ist er wirklich gegangen, ohne einen Grund zu nennen?«, bohrte sie nach und wusste im gleichen Moment, dass es die absolut falsche Entscheidung war. Das brauchte ihre beste Freundin gerade gar nicht.

Emelie setzte sich neben sie, nahm sie in den Arm und drückte sie fest. Eine weitere Träne wanderte über Annelieses Gesicht. Sie schloss die Augen.

»Es tut mir so leid«, wiederholte Emelie. »Ich weiß, ich kann dir auch nicht helfen. Aber ich bin da. Ich bin immer da. Ich hab dich sehr lieb.«

Anneliese sah auf und lächelte fast. Dann legte sie ihren Kopf auf Emelies Schultern, und sie strich ihr sanft über die Haare.

Mai 2012

Emelie schritt die Treppen der kleinen Kirche hinunter. Fast schwebte sie. Die glücklich lächelnde Menge, ihre ganze Familie, die unten saß und auf sie wartete, der wunderbare Mann, der sie gerührt und voller Vorfreude anstrahlte, trugen sie förmlich durch die alten Gemäuer, ihren hohen Schuhen zum Trotz.

Anton sah hinreißend aus wie immer, vermittelte ihr Zuversicht und Liebe, als sie bei ihm angekommen war und er kurz voller Wärme ihre Hand drückte. Wie sehr sie sich auf das Leben an seiner Seite freute. Dahinter standen ihre Schwester Rosa und natürlich Anneliese. Beide im langen dunkelroten Kleid.

Jetzt tauschten sie ihre Ringe, sahen sich dabei verliebt in die Augen und sprachen ihre eigenen Gelübde.

Moment.

Emelie stutzte und hielt die DVD an.

Was war das in Annelieses Augen? Ganz kurz nur hatten sie gezuckt, hatte sie aufgehört zu lächeln. Gerade einen Moment zu viel für jemanden, der sie ein Leben lang kannte.

Waren es Zweifel? War ihre beste Freundin doch nicht vollständig überzeugt von dieser Verbindung? Sie hatte sie doch stets ermutigt, verstand sich grandios mit Anton, hatte ihr immer wieder vorgeschwärmt, wie wunderbar sie zusammenpassten.

Vielleicht hatte sie auch Gespenster gesehen.

Emelie drückte die zwei Pfeile, die nach links zeigten, dann sah sie sich die Szene noch einmal an. Stoppte das Video.

Annelieses leicht zusammengekniffene Augen sahen sie vergrößert aus dem Bildschirm an.

Nein, es war nicht Zweifel.

Es war Neid.

September 2019

»Mama, ich bin dann mal weg«, rief Carla vom Nebenzimmer aus. Annelieses zehnjährige Tochter übernachtete heute bei einer Freundin.

»Alles klar!«, rief Anneliese zurück und lehnte sich gemütlich ins Sofa. »Und, wie läuft's bei dir?«, fragte sie dann. »Alles okay mit Anton?«

»Ja, alles bestens.«

Anneliese nickte. Emelie trank an ihrem Kaffee. Sie hatten sich seit Monaten nicht gesehen. Emelie hatte viel Stress im Job gehabt, war häufig unterwegs. Die Wochenenden verbrachte sie dann meist mit ihrem Mann. Sie gingen wandern, ins Kino oder besuchten ein befreundetes Pärchen. Sie hatten keine Kinder, verbrachten also auch gern mal ein Wochenende in Paris oder Berlin.

Anneliese war hingegen alleinerziehende Mutter, kam als Erzieherin nur knapp über die Runden und stolperte von einer Beziehung in die nächste. Tatsächlich wollte Emelie gar nicht mehr nachfragen, wie es ihr so ging. Vermutlich kamen nur wieder Klagen über den permanenten Geldmangel oder eine weitere Geschichte über ein vermasseltes Date und die unmögliche Aufgabe, einen halbwegs brauchbaren Mann über 35 zu finden, der nicht von vorigen Beziehungen verkorkst war. Und obwohl Emelie sich vorstellen konnte, dass das durchaus eine Herausforderung war und auch dankbar war, nicht mehr in dieser Situation zu sein, und obwohl ihr die finanziellen Nöte der kleinen Familie ans Herz gingen, war sie das Thema leid. Alles war so negativ bei Anneliese. Und alle anderen hatten Schuld daran. Doch irgendwie hatte sie sich dieses Leben doch ausgesucht, war es eine Konsequenz ihrer Entscheidungen. Und Emelie konnte nichts dafür, dass ihre eigenen Entscheidungen sie in ein glücklicheres

Leben geführt hatten. Trotzdem schaffte Anneliese es stets, dass sie sich nach ihren Besuchen schuldig fühlte. Ihr Geld überwies. Sie zum Abendessen mit einem von Antons ledigen Kollegen einlud, der dann doch wieder nicht interessant genug war.

Wie viel leichter war früher alles gewesen, als sie sich einfach in Pyjamas geworfen und die ganze Nacht durchgekichert hatten, bis irgendein Elternteil durch die Tür kam und sie ermahnte, dass es bereits drei Uhr morgens war und sie um Gottes Willen endlich schlafen mussten. Was sie nur noch mehr angestachelt hatte.

Heute schien es Emelie, dass ein simples Schmunzeln ihnen alles abverlangte. Gleichzeitig waren es die einzigen Momente, wenn sie sich wieder halbwegs verbunden fühlten. Wenn Emelie nicht das Gefühl hatte, dass Anneliese neidisch war, auf ihre Karriere, ihre glückliche Ehe, ihre Reisen. Wenn sie sich tatsächlich traute, ihr vom letzten Wochenende zu erzählen, als sie auf den kleinen Hund ihrer Nachbarin aufgepasst hatten und nun überlegten, sich vielleicht selbst einen zuzulegen. Wenn sie ihr von einer besonders gelungenen Präsentation berichten konnte, ohne Angst zu haben, sie zu langweilen oder überheblich zu klingen.

Doch diese Momente waren selten geworden.

Noch seltener als ihre Treffen.

Wie es auch hätte sein können …

Emelies Blick schweifte suchend durch den Garten. Anton wollte eigentlich nur kurz einen Drink holen und sie dann ein paar Kollegen vorstellen.

Sie fühlte sich auf diesen Grillfesten des Abteilungsleiters immer etwas verloren. Sie kannte kaum jemanden aus der Firma ihres Mannes, nur hier und da ein bekanntes Gesicht von einer anderen Grillparty oder seine engsten Kollegen, mit denen sie manchmal essen gingen. Aber niemand, der ihr äußerst sympathisch war.

Ach, hier stand er ja. Mit zwei Drinks in der Hand, von einer blond gelockten Frau am Arm gehalten. Emelie stutze einen Moment. Sie kannte die Frau nicht, sie sah auch nicht aus, als würde sie in einer Kanzlei arbeiten. Ein riesiges Daisy-Duck-T-Shirt hatte sie über dem Bauchnabel zusammengebunden. In der freien Hand hielt sie ebenfalls einen Drink, den sie wild gestikulierend durch die Luft schwang, während sie laut lachte.

Daisy Duck, überlegte Emelie. Wie lächerlich! Dafür war die doch längst zu alt! Und wie offensichtlich sie sich an Anton heranschmiss. Die musste es ja arg nötig haben.

Emelie überkam Lust, stehenzubleiben und zuzusehen, wie Anton sie eiskalt abservierte. Sie war nicht der eifersüchtige Typ, außerdem hatte sie vollstes Vertrauen in ihren Ehemann. Und Daisy war ganz bestimmt keine Konkurrenz für sie.

Emelie erkannte, dass Anton nicht sonderlich erfreut über das Gespräch war, aber zu höflich, um die Blondine einfach abzuwimmeln. Sie beobachtete, wie ihr Mann mehrmals versuchte, einen Schritt in ihre Richtung zu machen, aber die Frau schient das nicht zu bemerken und ließ nicht von ihrem Griff ab. Schließlich beschloss Emelie doch, ihm zu Hilfe zu eilen.

»Hi, Schatz«, sagte sie, als sie vor den beiden stand. »Ich dachte, ich nehme dir schon mal ein Glas ab.« Sie küsste ihn auf die Wange und griff sich einen Drink.

»Danke, Emelie.« Er lächelte sie erleichtert an.

Emelie streckte der Frau die Hand entgegen, was sie automatisch dazu zwang, von ihrem Ehemann zu lassen.

»Emelie Breuer, Antons Frau.«

»Freut mich«, antwortete Daisy Daisy trocken, und ihr war anzusehen, dass es überhaupt nicht der Wahrheit entsprach. »Anneliese Wagner.«

»Anneliese hat gerade bei uns in der Firma angefangen«, erklärte Anton. »Sie ist in der Kinderbetreuung.«

Ach. Das erklärte vielleicht Daisy, dachte Emelie.

Anneliese musterte sie von oben bis unten, als würde sie sich fragen, warum dieser aufstrebende junge Buchhalter lieber mit dieser etwas unscheinbaren, wenn auch eleganten Frau zusammen war, als sich auf ein Abenteuer mit ihr einzulassen. Vielleicht war sie auch ein wenig enttäuscht darüber.

»Wir sehen mal, ob wir uns in der Küche nützlich machen

können«, machte Emelie deutlich, dass dieses Treffen beendet war. »Aber probieren Sie es doch mal bei dem Herrn da drüben.« Sie deutete mit dem Kopf zum Pool, wo ein braungebrannter Kerl mit dicken Sonnenbrillen stand. Der sah doch nach dem klassischen Aufreißer aus, der bestimmt besser in Annelieses Beuteschema passte.

Dann griff sie nach Antons Hand, und sie zogen davon.

»Ich kann nicht glauben, dass du sie direkt an den Firmencasanova verwiesen hast«, brachte Anton lachend hervor und fügte dann etwas ernster hinzu: »Schade eigentlich. Sie ist in etwa in unserem Alter. Und in der Firma ist sie immer total freundlich. Ich verstehe gar nicht, warum sie heute so aufdringlich war. Vermutlich hatte sie einen Drink zu viel. Ich dachte, ihr könntet euch vielleicht verstehen«, spielte er darauf an, dass seine Frau doch auf der Suche nach einer Freundin und Vertrauten war.

Na, daraus würde wohl nichts, war Emelie klar. Tatsächlich taten ihr diese Frauen eher leid, die in ihren Mit-Dreißigern verzweifelt versuchten, noch irgendwo brauchbare Männer zu finden. Aber vermutlich waren sie auch selbst schuld. Hatten zu lange gewartet, zu hohe Ansprüche. Eigentlich war es ihr auch eher egal. Sie würde Anneliese vermutlich so schnell nicht wiedersehen, und auf angetrunkenen Smalltalk mit ihr hatte sie wirklich keine Lust.

Manche Freundschaften konnte man nicht erzwingen.

Ein Traum in Plastik

Ich sitze in einem Taxi auf dem Weg zu einem riesigen Vulkankrater gefüllt mit heißem Wasser. Die Nicaraguaner nennen den Ort nur »la laguna«. Wir haben spontan während des Morgenkaffees beschlossen, hinzufahren. Wir, das sind ich und vier Kolleginnen, die ich gestern auf dem Freiwilligentreffen kennenlernte. Da ist Amy aus Detroit, Hanna aus Dortmund, Becky aus einem kleinen Ort in New South Wales, Australien und Jennie aus London. Theoretisch passen wir nicht alle fünf ins Taxi. Aber jede Person bedeutet Geld für den Fahrer, und so sitze ich auf Amy, und Becky liegt quer obendrauf. David Guetta läuft auf voller Lautstärke, und wir shaken irrwitzig ab, obwohl wir uns eigentlich auf dem beengten Raum gar nicht bewegen können.

Die *laguna* ist wunderschön. Alte Busreifen werden ausgegeben zum gemütlichen Floaten im Krater. Das Wasser riecht sehr streng, fühlt sich aber wunderbar an, und ich verbringe den halben Nachmittag in meinem Reifen, bevor ich mich für Drinks aus einer Kokosnuss zu den Mädels geselle.

Wir wurden vorgewarnt, nicht zu lange zu bleiben, da die Taxifahrer die lange Strecke zurück nach Granada abends nicht mehr fahren würden, und ich weiß, auch die schnellen Busse in mein Dorf fahren nicht mehr, sobald es dunkel wird. Und es wird um etwa 17 Uhr dunkel. Doch es fällt uns schwer, uns von diesem perfekten Ort der Entspannung zu trennen, so anders als alles, was wir bisher von Nicaragua kennen. So spazieren wir schließlich in der Dämmerung zurück zur Zivilisation, reden uns ein, dass all die Horrorgeschichten von Überfällen auf abseitigen Wegen bestimmt keine fünfköpfige Gruppe betroffen haben. Ein verspätetes Taxi greift uns auf halbem Weg auf, diesmal sitzt Amy auf Becky und statt David Guetta gibt es Merengue. Wir verabschieden uns mit ausgiebigen Umarmungen, wissend, dass wir uns nie wiedersehen werden. Jede von uns reist weiter in einen anderen Teil des Landes, wo eine Gastfamilie und unterschiedlichste Aufgaben auf uns warten. Amy wird verletzte Schildkröten versorgen, Hanna ist in einem Pflegeheim in Managua. Und ich nehme den *bus lento* zurück in mein Dorf, wo ich die nächsten zwei Monate in einer Bibliothek aushelfen, mit Kindern lernen und Englisch unterrichten werde.

Der Autobus macht seinem Ruf alle Ehre, wir brauchen vier Stunden für knapp 100 Kilometer. Eigentlich unvorstellbar, die Straßen von Granada weg sind nicht so schlecht. Das Transportmittel, ein abgehalftertes Ding aus einem Hollywoodstreifen der 50er-Jahre, rattert auch stetig vor sich hin. Er hat eine leichte Rechtslage, was extrem ungünstig ist, wenn man auf genau der Seite sitzt und nichts als ein paar hundert Meter Abgrund unter sich sieht. Doch ich leiste meinen Beitrag, verlagere mein ganzes Gewicht nach links, hoffend, dass ich wie durch ein Wunder damit die 15

Passagiere auf der anderen Seite wettmache, die uns in Richtung Abgrund steuern. Das eigentliche Problem, weshalb wir nur schleichend vorankommen, ist jedoch, dass wir alle fünf Meter anhalten und jeden mitnehmen, der irgendwo in der Pampa herumsteht. Ein paar unserer spontanen Anhalter fühlen sich zu Laienpredigern berufen und lesen inbrünstig aus der Bibel vor. Vielleicht haben sie auch meinen armseligen Versuch, den Bus vor dem Abgrund zu retten, beobachtet und setzen lieber auf göttliche Intervention.

Irgendwo auf dem Weg zurück von der Lagune, mit *The Sounds* in den Ohren, nach einem Wochenende voller Entspannung, Naturschönheit und Spaß und trotz Bibelzitaten und Abgrund, spüre ich ihn aber: Den Reisespirit, das Gefühl der Freiheit, die Verbindung zum Land, die ich bisher so schmerzlich vermisst habe.

Am nächsten Morgen ist mein erster Arbeitstag in der Bibliothek des etwa fünf Kilometer entfernten Nachbarorts Jinotepe. Schwarze Minibusse pendeln zig Male am Tag hin und her oder passieren den Ort auf ihrer Reise in andere Städte. Da ich nun schon weiß, wie langsam die Busse hier sind, stehe ich um sechs Uhr morgens auf. Unter einer Flut an Minibussen, die bereits vor dem Morgengrauen durch den Ort düsen und die Pendler nach Managua aufgreifen, frage ich einen Fahrer, ob er nach Jinotepe fährt. Mit einem schnellen »*Si, si*« schiebt er mich in den schwarzen Van, der bereits gut gefüllt ist. Während wir auch schon losfahren, ruft er mit dem Kopf aus der Tür hängend den Passanten das Endziel entgegen. Als würde noch irgendjemand hier reinpassen. Ich quetsche mich bereits mit dem Rücken an die Windschutzscheibe und wage kaum zu atmen, so dicht gedrängt stehen wir.

Bei den Überholmanövern über doppelte Sperrlinien kommt dann auch richtig Abenteuerstimmung auf und die Frage, wer wohl zuerst durch das Fenster fliegt. Nach einer halben Stunde finde ich, dass es doch etwas lange dauert, die fünf Kilometer hinter uns zu bringen, sogar für nicaraguanische Verhältnisse. Ich erkundige mich also noch einmal nach Jinotepe, worauf ich unter viel Gelächter in der Pampa ausgesetzt werde. Erst mal alles reinstopfen, was passt, oder auch nicht, und wenn's dann der falsche Bus ist, musst du selbst kucken, wo du bleibst. Nicaraguanische Gastfreundschaft at its best.

Nachdem mich die nächsten vier Busse, die den Weg entlang rollen, nur einstauben, hat der fünfte endlich Mitleid und nimmt mich mit, zurück in meinen Ort.

Mein Arbeitstag startet also ziemlich verspätet mit Bücher putzen und reparieren. Ja, damit verbringen wir hier in der Bibliothek Stunden, erklärt mir der Bibliothekar Sander. Alle zwei Wochen fährt das Team zu den Landschulen, um den Kindern das Ausleihen der Bücher zu ermöglichen. Von diesen Landschulen kommen viele

Exemplare jedoch völlig verschlammt zurück. Den Grund dafür würde ich bald genug erfahren, wenn wir, nach einem Platzregen, ebenso selbigem Schlamm zum Opfer fielen.

Bücher putzen ist eigentlich eine schöne Arbeit. Wir Europäer sind so daran gewöhnt, dass jedes gelesene Buch im Müll landet, da es in dem absoluten Überangebot praktisch unmöglich ist, einen Abnehmer zu finden, wenn man es gelesen hat. Hier hingegen gibt es Bücher nur in der Hauptstadt Managua und eben in den wenigen Bibliotheken.

Am Nachmittag mache ich mit ein paar Kindern Mathehausaufgaben, kurz vor vier wird geschlossen. Ich merke sofort, dass der Rhythmus hier ganz anders ist. Nicht nur die Öffnungszeiten und der frühe Einbruch der Nacht, sondern auch der Arbeitsrhythmus. Während ich bei meinem Job zu Hause vor der Kaffeepause schon fünfzig Rechnungen vorkontieren muss, damit noch genug Zeit bleibt, die aktuellen Zinssätze bei den Banken abzufragen und die Eingang-Ausgangs-Kalkulation zu erstellen, bevor die Chefin vom Mittagessen kommt, ist es hier ein erfolgreicher Tag, wenn ich am Abend vor einer Kiste sauberer Bücher sitze.

Seit langem habe ich mich nicht so nützlich gefühlt, und dann fahre ich sogar mit dem richtigen Bus nach Hause. Auf dem Weg kann ich nicht aufhören, über den Plastikmüll zu staunen, der den Straßenrand belagert wie wild wachsender Löwenzahn, obwohl ich ihn seit meiner Ankunft täglich überall sehe. Absolut alles ist hier in Plastik verpackt. Milch, Saft, Obst, Eiswürfel,

Brathühnchen – alles kommt in der Plastiktüte. Manchmal wird der Saft noch extra aus der Plastikflasche in die Plastiktüte umgefüllt, um ihn dann lieber daraus zu trinken.

Die Bushaltestelle ist nur zwanzig Meter von meiner Unterkunft entfernt. Ich wohne bei einer sehr aktiven älteren Dame und ihrer bildhübschen, wenn auch etwas arg verwöhnten Tochter. Ihre beiden anderen Kinder sind verheiratet und ausgezogen, und so hat sie ein freies Zimmer zu vermieten. Sie heißt Aleydis und ist fröhlich und gesellig, fragt mich stets nach meinem Tag und kocht exquisite Sachen und gar nicht aus der Plastiktüte. Zum Frühstück wartet täglich ein frischer Fruchtmilchshake mit einem Dreifachsandwich aus der Pfanne auf mich. Meistens gibt es abends eine Variation aus Hähnchen, Bohnen, Reis und *tostones* – frittierten Bananenscheiben. Doch heute Abend wird gegrillt. In der Küche.

»Draußen frisst es der Hund«, meint Aleydis. Drinnen kann man die Hand nicht mehr vor Augen sehen, und die Wand ist danach ein wenig schwarz, aber hey, das Hähnchen ist noch da und schmeckt auch wirklich traumhaft.

Nebenher fragt sie mich, ob ich später mit auf ein Konzert möchte. Möchte ich natürlich immer, ich liebe Musik und freue mich auf die Gelegenheit, typisch lokale Kultur kennenzulernen.

Tatsächlich stellt sich das Konzert als Gedenkmesse für den toten Nachbarn heraus. Aleydis klärt mich auf, dass es üblich ist, für die Toten ein Konzert zu halten, und dass die Menschen die Musik wählen können, die sie einmal auf ihrem Begräbnis möchten. Egal, ob es etwas Trauriges, Besinnliches oder Fröhliches ist. Das erklärt, warum ich letztens einen Begräbniszug mit zwei Mariachis sah, die auf der Gitarre Liebeslieder zum besten gaben. Den Begräbniszug gibt es auf Wunsch angeblich auch in Marimba- und Samba-Version.

Am Wochenende fahre ich mit Sander und seiner Familie nach Costa Rica. Sie besuchen Angehörige und haben mich gefragt, ob ich gern ein paar Tage auf der Finca einer ihrer Bekannten verbringen möchte, die auf dem Weg liegt. Eigentlich hatte ich nicht geplant, nach Costa Rica zu fahren, aber die Finca klingt in den Beschreibungen meines Chefs traumhaft, und ich habe auch nichts anderes vor.

Die Finca ist tatsächlich ein Traum. Sie liegt mitten im tropischen Regenwald, zwischen Affen und Faultieren und Leguanen. Ich schlafe in einer Holzhütte, zwanzig Meter über einem Fluss. Morgens wecken mich die Affen, die ihre Mangos mal auf mein Hausdach, mal auf den Haushund werfen. Während ich auf der Terrasse Kaffee trinke, sehe ich Kolibris zu, die zu schnell fliegen, um ein Bild von ihnen zu machen. Über mir liegt ein Faultier mit seinem Baby im Baum. Ziemlich unbeschreiblich.

Das weitläufige Anwesen hat mehrere gekennzeichnete Wanderrouten, die anstrengend, aber unvergesslich sind. Abseits des Geländes mache ich einen Ausritt durch den Regenwald. Der

Pferdeführer ist redefreudig, und als ich ihm sage, dass ich in Spanien lebe, ganz in der Nähe von Afrika, sieht er mich schon zwischen Elefanten und Tigern und glaubt, ich reite sonst nur auf Kamelen. Bis zum Ende unseres Ausritts hört er nicht mehr auf, mich nach Elefanten und Kamelen zu fragen und wieviel es denn koste, da hinzufahren, um sie zu sehen. Ich staune ein wenig über sein nicht vorhandenes Geographiewissen, und er staunt darüber, dass ich noch nie im Leben einen Vulkan gesehen habe.

Dem muss Abhilfe geschaffen werden, findet er, und so empfiehlt er mir einen Vulkan, der mit einer kurzen Busfahrt erreichbar ist. Am nächsten Tag fahre ich früh morgens los, man weiß ja nie so mit den Bussen hier. Doch ich werde weder belogen, noch rausgeschmissen, noch brauchen wir drei Stunden. Ich mag Costa Rica.

Die meisten Leute laufen die 1200 Meter hoch zum Gipfel. Ich zahle ein Taxi, bin ja Realist. Oben angekommen, ist es so nebelig und windig, dass ich erst mal überhaupt nichts sehe. Ich mache eine kleine Pause – die ruckelnde Fahrt vorbei an den ganzen Wanderern war ziemlich anstrengend – und genieße den Kaffee aus der vulkaneigenen Plantage. Zur Unterhaltung höre ich den gleichen Vortrag über den Vulkan in fünf verschiedenen Sprachen. Vor der sechsten breche ich auf zum Hauptwanderweg zu den Kratern, denn der Nebel hat sich mittlerweile etwas gelichtet. Eine wunderschöne Wanderung zwischen tropischen Pflanzen, die sich die Bäume herunterhangeln, und exotischen Blüten, so groß wie meine Hände. Bei den Kratern steigen

Schwefelsäulen aus der Erde auf, das Atmen ist etwas zäh. Der mittlerweile inaktive Vulkan ist gänzlich mit tropischem Regenwald bewachsen. Die Natur direkt um die *fumaroles* ist jedoch versengt, außer den Orchideen, die sich über die Mischung aus Hitze und Schwefel zu freuen scheinen und in ganzen Feldern erblühen.

Beim Abstieg werde ich von einem Monstertier gestochen, das überdies ganz schamlos seinen Stachel in meinem Arm lässt. Ich denke sofort an Dengue, Mücken, die ihre Eier unter die Haut legen und sonstige Horrorszenarien, die einem hier in tropischen Gefilden widerfahren können.

Ein Passant, der meine Panikattacke mitbekommt, betrachtet den Stachel und meint, es wäre bestimmt nur eine größere Wespe gewesen, ich solle mir keine Sorgen machen. Mein ganzer Arm brennt wie Feuer, ich sehe das also eher anders.

Zurück in meiner Hütte schmeiße ich mir ein Antiallergikum ein, Rötung und Schmerz gehen zurück. Ich schlafe völlig erschöpft ein, träume von überraschenden Vulkanausbrüchen, in Abgründe stürzende Autobusse und Moskitolarven, die aus meinen Wangen kriechen. Doch als ich am nächsten Morgen aufwache, bin ich tatsächlich noch am Leben.

Sonntagmittag geht es zurück nach Nicaragua. Mein Chef und seine Familie haben mich abgeholt, müssen aber zu einem anderen Grenzposten, weil sie keinen europäischen Pass besitzen.

An der Grenze verlaufe ich mich ein wenig. Nichts ist beschildert, verloren im Niemandsland überquere ich beinahe noch einmal die Grenze Richtung Costa Rica. Na ja, war ja auch wirklich schön dort. Ein Beamter hält mich gerade noch auf, fragt, wo ich denn hin will.

»Nicaragua«, antworte ich, und er erkundigt sich verwirrt danach, was ich dann hier machen würde.

Geht es hier denn nicht nach Nicaragua? Nein, das sei auf der anderen Seite, antwortet er.

Warum in aller Welt kann man das nicht irgendwo anschreiben, denke ich ungeduldig, schwitzend, erschöpft. Aber ich sage es nicht laut, denn auf Respektlosigkeit gegenüber den Behörden steht Strafe, das ist sogar groß ausgeschrieben.

Es wird später, als wir geplant haben, und wir bleiben noch eine Nacht im Hotel. Es ist ein kleines Hotel in Granada, mit einem überfüllten tropischen Garten als Patio. Mein Zimmer hat einen Balkon, auf dem es nach Tabak und Mangos riecht, ein bisschen nach Schokolade, und es hat eine heiße Dusche. Meine erste heiße Dusche, seit ich hier bin. Oh, Granada, ich liebe dich. Jedes Mal, wenn ich hier bin, bin ich absolut glücklich.

Leider hält das Gefühl nicht lange an. Um das Hotelzimmer – und vielleicht auch ein Abendessen – zu bezahlen, brauche ich Geld. Bargeld. Hier meint es leider auch meine Lieblingsstadt nicht besser mit mir als alle anderen Orte Nicaraguas. Kein Geldautomat will meine Kredit- oder Bankkarten. Ich muss auch noch mein

Handy aufladen, um kurz eine Nachricht an Aleydis zu schicken, dass wir erst morgen kommen. Mein granadinisches Glück kehrt zurück, als ich in der Apotheke einen Moskitospray kaufe (Monsterstiche und Albträume *adiós*), denn da kann man unerklärlicherweise auch Handyguthaben erwerben, und es gibt einen Geldautomaten. Der akzeptiert sogar meine Karte. Wie schön. Ich war schon kurz davor, auf der Straße Limo in Plastiktüten zu verkaufen.

Dann sitze ich in einem Restaurant auf dem Hauptplatz und genehmige mir das erste Glas Wein seit Wochen – ein absoluter Luxus. Nach dem fast täglichen Reis mit Bohnen bin ich so glücklich über einen gegrillten Fisch, ich esse sogar meinen hochgefährlichen rohen Salat. Was ich an Fisch zu viel habe, teile ich mit einer halb verhungerten Straßenkatze, die das Festmahl ihres Lebens hat. Tiere kommen hier immer zu kurz, und als Tierliebhaber ist man in Nicaragua unter den völlig abgemagerten Straßenhunden und den überarbeiteten, geschlagenen Pferden einfach falsch.

Tiefenentspannt und erholt, ausgestattet mit unvergesslichen Erinnerungen an Orchideenfelder um Vulkankrater und Allround-Apotheken, komme ich Montagvormittag in strömendem Regen wieder bei meiner Gastfamilie an. Wenn es hier regnet, dann so schlimm, dass man sein eigenes Wort nicht mehr versteht, und so brüllt Aleydis mich jetzt an, ob ich noch ein wenig Reis haben möchte. Ich möchte nicht, verkrieche mich stattdessen in meinem Zimmer, versuche angestrengt, meine Entspannung beizubehalten, denke an die Affen und die Mangos und die Faultiere. Als ich die Augen öffne, sehe ich jedoch ganz andere Tierchen, die sich in mein Zimmer eingeladen fühlen: Insekten, Moskitos, Würmer, Salamander. Dazwischen kommt das Wasser die Wand heruntergelaufen.

Um der Invasion zu entfliehen, nehme ich ein Taxi, hoffend, dass das noch irgendwie funktioniert und ich immerhin zur Arbeit komme.

Natürlich ein Irrtum. Ich bin bereits völlig durchnässt, bis eines der gefühlt drei Fahrradtaxis, die sich dieses Wetter noch antun, vor mir hält. Nachdem wir uns umständlich den Weg zur Bibliothek erkämpfen – da, wo die Straßen noch befahrbar sind – kann er direkt davor nicht halten, weil die Straße zum Fluss geworden ist. Und das meine ich nicht metaphorisch oder übertrieben. Der Taxiradler bleibt um die Ecke stehen, und mein erster Gedanke ist ganz optimistisch: Das kann nicht sein Ernst sein, dass er mich jetzt durch diesen Wahnsinn laufen lässt.

Es ist aber sein Ernst. Mit Flip Flops (habe keine Regenschuhe mit nach Nicaragua gebracht, in der naiven Annahme, hier wäre es immer heiß) und kurzen Hosen bewaffnet, geht's ans Straßenfluss-Überqueren. Falls ich es bis zur Straßenecke schaffe – denn das ist eine ganz eigene Herausforderung, wenn man keine Ahnung hat, wo man hintritt oder was darunter ist. Der Straßenfluss hat eine derartige Strömung, dass ich erst mal kurz daran denke, wieder kehrtzumachen. Habe dabei die Stimme meiner Mutter im Hinterkopf: »Auf keinen Fall jemals durch den Bach, Kinder!«. Unser Mühlbach ist allerdings ein Scheiß gegen das hier. Doch umkehren hat auch wenig Sinn, der Taxifahrer ist weg, und in der Bibliothek wartet immerhin ein Dach auf mich. Das Wasser steht mir bis über die Knie, aber langsam kämpfe ich mich Schritt für Schritt voran, während ich das Gefühl habe, gleich mitgerissen zu werden. Eine Frau schaufelt das Wasser mit Eimern aus ihrem Haus und wirft dabei auch gleich ein paar Mülltüten mit. Hat ja auch seine Vorteile, so ein Platzregen. Perfekte Entsorgungsmethode.

Als ich schließlich doch irgendwie die Bibliothekstür erreiche, hämmere ich verzweifelt dagegen, bis mein Chef Sandor aufmacht, mich tuschnasses Häufchen Elend anstarrt und meint, ich hätte doch nicht kommen müssen, bei dem Wetter ist sowieso zu.

Dafür macht er mir frischen Kaffee und gibt mir eine Hose und ein T-Shirt aus seinem Schrank. Besser immer vorbereitet sein, meint er schmunzelnd, und ich bin wirklich froh, dass er so vorbereitet ist. Den Rest des Nachmittags verbringen wir mit Karten spielen und Tee.

Bis zum Abend hat sich das Wetter beruhigt, also fahre ich mit meiner Kollegin Dareen und meiner Chefin Ester wie geplant zur protestantischen Kirche auf dem Land. Alle zwei Wochen steht dieser Ausflug an. Auch dort verteilen wir Bücher zum Ausleihen oder lassen die Kinder eine Stunde lesen. Und ich gebe eine kurze Musikstunde, wir tanzen im Kreis und singen laut und falsch, aber mit Begeisterung. Die Kinder sind unglaublich dankbar, freuen sich über die simpelsten Kinderlieder und ein paar Rasseln und Schellenbänder. Seit dem letzten Besuch hatte ich mich schon darauf gefreut, wieder herzukommen. Dareen und ich haben vor ein paar Tagen noch extra ein Lied für die enthusiastischen Kleinen geschrieben, das Lied von Don Martín ohne *calcetín*.

Kurz nach Jinotepe holen wir eine alte Frau ab, die völlig abseits im Wald wohnt und auch mit möchte. Beim Rausfahren aus ihrer Einfahrt, mitten in der Generalprobe von Don Martín, macht es einen Ruck: Wir sitzen in einem Graben fest und zwar richtig. Die gesamte Vorderseite versenkt. Offenbar hat der Regen die Straße halb weggeschwemmt und Ester hat es nicht rechtzeitig gesehen. Alle raus zum gemeinschaftlichen Anschieben. Eine Mission, die offensichtlich zum Scheitern verurteilt ist, was sollen drei Mädels und eine Frau über Neunzig groß anrichten mit einem Familienbus für acht, der im Graben hängt.

Nachbarn kommen zusammen, ich weiß nicht woher in dieser Einöde, vorbeigehende Spaziergänger, alle schieben mit. Es ist stockfinster, aber das tut der Hilfsbereitschaft des nicaraguanischen Volkes nichts ab.

Weitergeschoben und gehoben, dagegen gestemmt, in beide Richtungen, nichts. Unmöglich, das Ding auch nur zwei Zentimeter zu bewegen. Brett untergelegt, freigegraben, noch mehr Leute kommen aus dem Nichts, wir singen zur allgemeinen Aufheiterung das Lied von Don Martín, hilft alles nichts. Der

Wagen bewegt sich keinen Millimeter.

Es wird später und finsterer und wir verzweifelter und wollen nicht einmal mehr singen. Zu allem Unglück bricht auch noch ein Gewitter los, ganz günstig hier, nachts im Wald. Zwischen Bäumen und Stromleitung und Megablitzen und Moskitos bekomme ich es dann doch mit der Angst zu tun, vor allem, da man auch nicht den Eindruck hat, dass wir irgendwann wieder rauskommen aus unserem Loch im Wald. Schließlich werden die Räder vollständig freigeschaufelt, die Straße dabei gleich mit, nächster Schiebeversuch. Aber wir fahren immer noch gegen den Graben, obwohl sich das Fahrzeug immerhin ein paar Zentimeter bewegt. Das gesamte Bibliotheksteam hängt sich nun an die Hinterseite des Wagens, springt wie irre auf und ab, um so viel Gewicht wie möglich nach hinten zu verlagern. Und da passiert das Wunder: Nach eineinhalb Stunden Kampf und Angstschweiß bekommen wir das Auto zurück auf die Straße. Der Jubel ist groß, wir sind frei, und der Blitz hat uns auch nicht getroffen. Nur mit den Kirchenkindern wird es nichts mehr.

Stattdessen beschließen wir, dass wir alle ein ausgiebiges Abendessen vertragen können. Wir fahren zurück in die Zivilisation und halten am ersten Laden, der Tacos verkauft. Dazu trinken wir Milchshakes. Die gibt's auch ohne Milch, und wenn man will, natürlich aus der Plastiktüte.

Die Umarmung

Sie war auf dem Weg nach Hause, trug ein großes Lächeln auf dem Gesicht. Ging doch nichts über eine gute Demo, um sie bei Laune zu halten. Heute hatte es sich um eine besonders wichtige Angelegenheit gehandelt, und zum ersten Mal in Monaten begleitete sie das Gefühl, wirklich etwas erreicht zu haben. Bei der jungen Frau, die stehengeblieben war, um zuzuhören, fast zehn Minuten lang. Dazwischen hatte sie immer wieder genickt. Oder das kleine Mädchen mit den großen, neugierigen Augen und dem offenen Mund. Wie einst sie selbst.

Sie war immer sehr politisch gewesen, schon in jungen Jahren. Ihr Erwachen war recht ähnlich gewesen, bei einem Protest gegen Kernenergie, zusammen mit ihrem Vater. All die Leute, die ihre Ideen rausschrien, zusammen für etwas kämpften. Die Energie, die sie in ihrer Mitte spürte, hatte ihren Hunger nach mehr geweckt.

Auf dem Gymnasium war sie dem Debattierklub beigetreten und

hatte für die Schülerzeitung geschrieben. Mit 15 verfasste sie ein glühendes Plädoyer gegen die Todesstrafe. Eines ihrer liebsten und dringlichsten Anliegen. Das Gleiche, für das sie heute auf die Straße gegangen war.

Sie verstand beim besten Willen nicht, wie Menschen immer noch diesem dummen Racheakt nachhingen, dieser veralteten Idee von »Auge um Auge«. Wie konnten Mitglieder einer angeblich fortschrittlichen, gebildeten Gesellschaft wie der des 21. Jahrhunderts Genugtuung spüren, indem sie sich mit dem Mörder auf eine Ebene begaben, das gleiche Verbrechen begingen? Das war schon in ihrem Schülerzeitungs-Essay die Kernfrage gewesen. Und trotzdem war sie zwanzig Jahre später immer noch hier, vertrat immer noch den gleichen Standpunkt, kämpfte immer noch den gleichen Kampf. Nur im größeren Stil und mit besseren Möglichkeiten. Schließlich war sie zwei Mal in Folge in den Stadtrat gewählt worden.

Jetzt freute sie sich auf ihr Zuhause. Auf ein Gläschen Wein mit ihrer besten Freundin und Mitbewohnerin, vielleicht eine Serie in Dauerschleife. Etwas Lustiges. Sie war in guter Stimmung.

Sie steckte den Schlüssel ins Schloß und ging gedanklich schon durch ein paar Empfehlungen ihrer Kollegen. Sie lächelte beim Gedanken an Asha, ihre Freundin, die bestimmt wieder mittendrin einschlief, während sie sich bemühen würde, möglichst leise zu lachen.

Aber dann öffnete sie die Tür, und ihre gute Laune, ihr ganzes

Glück, all ihre Hoffnungen und Träume, erstarben.

Es war wie das Stillleben eines Schlimmstfall-Szenarios. Asha lag auf dem Boden, bewegungslos, leblos, in einer Pfütze Blut. Ihre blonden Haare hatten es teilweise aufgesaugt und waren an den Spitzen rot gefärbt, wie schlecht gemachte Strähnchen bei einem billigen Friseur. Ihre Bluse war aufgerissen und gab ihre zerkratzten Brüste frei. Ihre Hose lag irgendwo unter dem Küchenstuhl, ihre Unterhose fesselte ihre Füße zusammen. Trockenes Blut klebte an der Innenseite ihrer Schenkel. Die Arme waren mit Schnürsenkeln zusammengebunden, so fest, dass sie völlig weiß waren, einen absurden Kontrast zu der roten Blutlache bildeten, in der sie lagen.

Darüber war ein junger Mann gebeugt. Braune Haare, brauner Bart, große Augen, die sie weit aufgerissen anstarrten. Ein triumphierendes, irres Lächeln. Er war nackt, sein Penis ebenso blutig wie seine Hände. In der rechten Hand hielt er ein Küchenmesser, das sich nun langsam in ihre Richtung hob.

In weniger als einer Sekunde nahm sie das Stillleben wahr, in weniger als einer Sekunde zerschmetterte es ihr Leben in Stücke. Sie war gelähmt, wollte schreien, weinen, zu ihrer Freundin laufen, ihren leblosen Körper umarmen, sie halten, einen letzten Moment lang das lieben, was auch immer von ihrer Seele noch übrig war, aber sie konnte nicht. Sie wusste, wenn sie es täte, wäre sie ebenso tot.

Mit einem flinken Satz hastete sie zur Küchentheke und griff nach dem riesigen Fleischmesser, das in einem Set im Holzblock ruhte. Der Mann reagierte, bewegte sich mit langsamen aber sicheren Schritten auf sie zu, hinterließ dabei eine blutige Fußspur auf dem Boden.

Aber sie war rasend vor Wut, verzweifelt, entschlossen. Schneller. Mit dem Kriegsschrei eines Pawnees sprang sie hinter der Theke hervor, tat zwei riesige Schritte in seine Richtung, duckte sich, als er versuchte, ihr das Messer ins Gesicht zu rammen, und während seine Hand ins Leere stach, schnitt sie ihm den Penis ab. Oder einen Teil davon. Sie konnte es nicht erkennen. Alles, was sie sah, war ein Bach, der wie rote Pisse in alle Richtungen spritzend aus ihm hervorströmte. Der Mann ging zu Boden, quietschte unter Schmerzen, in einer höheren Stimme, als sie ihm je zugetraut hätte. Seine Hand versuchte, was auch immer von seiner Männlichkeit übrig war, zu beschützen. Seine Augen, zusammengepresst unter den Qualen, öffneten sich nun, sahen hinunter, nur um sich sofort wieder zu verschließen vor dieser furchtbaren Niederlage.

Sie wartete keinen weiteren Moment, stieß das Messer wieder in ihn, irgendwo zwischen seine Schulter und seine Kehle. Noch ein Schrei, seine Hand bedeckte instinktiv die neue Wunde. Ihr nächster Treffer landete in seinem Bauch. Ein kleine, aber tödliche Verletzung gab Einblick in seine Gedärme. In wenigen Minuten würde er tot sein.

Sie wusste, sie hatte ihn überwältigt, ihr eigenes Leben verteidigt. Sie konnte sich nun zurückziehen, die Polizei rufen, vielleicht einen Krankenwagen, nur um zu zeigen, dass sie die besten Absichten hatte.

Doch tatsächlich hatte sie die nicht. Überhaupt nicht. Sie wollte, dass er verblutete, wollte ihn fertig machen, genau hier, am Ort des Massakers, wo er so brutal und mühelos das Leben dieser wunderbaren, sanften Person beendet hatte, und damit auch irgendwie ihr eigenes.

Sie stieß das Messer in seinen Oberschenkel, um sicherzugehen, dass er sich auch nicht mehr bewegen könnte. Seine Schreie erreichten sie nur noch aus weiter Ferne. Ihr Kopf dröhnte, ihre Ohren waren taub, ihre Augen auf das einzig verbliebene Ziel direkt vor ihr fokussiert. Er streckte seine noch intakte Hand aus, vielleicht nach ihr, oder nach irgendeiner völlig irrationalen Hilfe, die nie kommen würde. Nicht von ihr. Vielleicht wollte er sein Messer, das er nach dem ersten Angriff hatte fallen lassen, vielleicht sogar Vergebung. Was mindestens genauso irrational war.

Sie stand auf, hob sein Messer auf und sank auf der anderen Seite des Raumes in sich zusammen. Beide Messer hielt sie umklammert. Das des Täters, das sie auf der falschen Seite ergriffen hatte, schnitt sich tief in ihre Handfläche. Sie bemerkte es nicht. Sie fühlte nichts. Ihre Augen waren immer noch auf ihn fixiert, wie er winselnd neben Asha lag. Sein linker Fuß verkrümmt über ihrer Leiche, wie ein Körperteil, das bereits aufgegeben hatte. Blut quoll aus seinen zahlreichen Wunden und verteilte sich in einer neuen Pfütze zu Ashas Füßen, vereinte sich schließlich mit ihrer.

Sie saß da und sah zu. Ihre Augen waren kalt, tot, ohne Mitgefühl oder Reue. Tatsächlich empfand sie Genugtuung. Sie war stolz auf ihre Vergeltung. Das Mindeste, das Einzige, was sie noch für Asha tun konnte.

Seine Bewegungen wurden schwächer, kaum mehr wahrnehmbar. Nur noch ein Zucken hier und da. Seine Schreie und Klagen waren gänzlich verstummt.

Sie wartete lange. Selbst nachdem er offensichtlich bereits eine Weile tot war, fühlte sie sich nicht imstande, aufzustehen.

Zuerst bemerkte sie das Blut, das von ihren Fingern, von den Klingen tropfte. Während der Schrecken dieser ganzen Szene langsam ihr Bewusstsein durchdrang, warf sie die Waffen angeekelt weg. Sie zog sich vom Boden auf, ihr ganzer Körper zitterte unkontrollierbar. Mit langsamen, stillen Schritten bewegte sie sich zum Tatort. Mit dem Fuß stieß sie das leblose Bein des Mannes von Ashas Leiche, rollte seinen ganzen Körper von ihr, trat ihn weg wie ein Stück Abfall. Wut breitete sich erneut in ihr aus. Doch dann sah sie das Entsetzen in Ashas Augen, die Angst und die Hilflosigkeit, die sich darin verewigt hatten, trotz der kalten Leere.

Sie beugte sich zu ihrer Freundin hinunter, weinte untröstlich, ungehalten, und gab ihr endlich diese letzte Umarmung.

Danksagung

Ein großer Dank gilt meiner Schwester Denise. Dafür, dass sie die allerbeste Schwester ist, die ich mir wünschen kann, dass sie immer ein offenes Ohr hat und einen wunderbar trockenen Humor. Dass sie mich zur sehr glücklichen Patentante gemacht hat. Aber auch dafür, dass sie mich bei der Cover-Wahl unterstützt hat und die sehr einzigartige, kreative Idee für den Untertitel hatte.

All den mutigen Autoren und Autorinnen, die unerschrocken und unnachgiebig an Ausschreibungen teilnehmen. Ihr und Eure Geschichten seid toll und einzigartig. Vielleicht seht Ihr sie mal abgedruckt, vielleicht auch nicht. Gebt nicht den Glauben an Euch selbst auf, und hört nie auf, Geschichten zu schreiben!

Allen Organisatoren, die Ausschreibungen machen und spannende, vielseitige Themen für uns Schreibbegeisterte finden.

Meiner Familie, die mich unerschütterlich dabei unterstützt, meine Träume zu verwirklichen, auch die, die noch unausgeschrieben sind.

Und meiner Lektorin und Kooperationspartnerin Alex, die sich in Rekordzeit durch dieses Buch gearbeitet hat und dabei alle Stellen fand, die noch zu unausgeschrieben waren.

Über die Autorin

Sandra Andrés wurde 1979 in Wels geboren und wuchs in Marchtrenk, Oberösterreich auf.

Schreiben war seit jeher ihre große Leidenschaft. Ihr erstes Buch beendete sie mit zwölf Jahren.

Mit 27 zog sie nach Málaga, Spanien. Sie studierte Grundschullehramt in Linz und Granada und lebt heute als freie Autorin und Autorencoach in Bad Rappenau, Deutschland.

Unausgeschrieben ist ihr zweiter Kurzgeschichtenband und ihre dritte Veröffentlichung. 2015 erschien ihre erste Sammlung *Unvorhergesehen*, 2019 veröffentlichte sie ihren Debutroman *Wie warmer Juliregen*. Im März 2022 erscheint ihr Entwicklungsroman »Als das Gras zu wachsen aufhörte«.

Zum Buch

Unausgeschrieben ist eine Sammlung von Kurzgeschichten, die ich im Laufe von 2021 für diverse Ausschreibungen verfasst habe. Zugegeben, ich war mit dem Titel nicht ganz ehrlich. Nicht alle blieben unausgeschrieben. Zwei davon wurden tatsächlich genommen und veröffentlicht, eine kam unter 650 Einsendungen in die Finalrunde. Vielleicht wisst Ihr, welche es »geschafft haben« und welche nicht. Vielleicht wollt Ihr auch raten. Ich sage es an dieser Stelle nicht, sondern überlasse die Antwort Eurer Fantasie. Ich freu mich aber über Eure Nachrichten mit Euren Vorschlägen und Kommentaren. Oder schreibt mir gern, welcher Euer persönlicher Favorit war: schreibmir@sandraandres.com

Tatsächlich waren die »Gewinner« nicht immer die Geschichten, die ich für die besten hielt. Manche Geschichten fand ich extrem gelungen, habe ich zwei oder drei Mal eingesendet, sie kamen jedoch nirgendwo unter. Vielleicht waren sie nicht so gut, wie ich dachte, vielleicht passten sie schlichtweg nicht ins Gesamtbild der Anthologie oder trafen das Thema nicht exakt genug.

Ich habe *Unausgeschrieben* auch deshalb veröffentlicht. Um Euch das

Urteil zu überlassen, ob es wirklich immer die besten Geschichten sind, die in eine Anthologie kommen. Um Euch zu ermutigen, an Ausschreibungen teilzunehmen. Um Euch zu zeigen, dass es immer einen Sinn hat, Kurzgeschichten zu verschiedensten Themen zu schreiben, egal, was damit passiert. Und dass es nicht an Euch oder Eurer Geschichte liegen muss, wenn sie nicht ins Finale oder in die Sammlung kommen.

Doch der Titel hat auch einen anderen Grund: *Unausgeschrieben*

bezieht sich nicht nur auf die Ausschreibungen oder die Nicht-Veröffentlichung in einer Anthologie. Jede Kurzgeschichte ist ein kleines Fenster in verschiedene Leben, die viel Raum für die Vorstellungskraft lassen, viele offene Fragen.
Momentaufnahmen, die ewig unfertig bleiben.
Für immer unausgeschrieben.

Eine kleine Bitte noch ...

Rezensionen sind für AutorInnen unglaublich wichtig. Nicht nur machen sie unser Buch bekannter. Es freut mich persönlich auch unglaublich zu erfahren, welche Stelle, was genau Euch besonders an *Unausgeschrieben* gefallen hat. Das bestärkt mich in meiner Arbeit und macht mein nächstes Buch noch besser.

Also helft gern mit, wenn Ihr *Unausgeschrieben* fertig gelesen habt, es bekannter zu machen, und schreibt mir eine kleine oder große Rezension auf Amazon, lovelybooks, Instagram oder wo es Euch eben gefällt.
Ich danke Euch und freue mich darauf.

Für weitere Informationen zu meinen Werken, Blog und Podcast und exklusive Vorab-Infos meiner Neuveröffentlichungen abonniert mein 2-wöchiges Update unter sandraandres.com

Bis bald!

Eure Sandra